# L'InitiéE

## Rencontre avec un être remarquable

Daniel Auduc

# L'InitiéE

Rencontre avec un être remarquable

Roman

En application de l'art. L.137-2.-I. du code de la propriété intellectuelle, toute reproduction et/ou divulgation de parties de l'œuvre dépassant le volume prévu par la loi est expressément interdite.

© Daniel Auduc 2024

Édition : BoD · Books on Demand GmbH, In de Tarpen 42, 22848 Norderstedt (Allemagne)
Impression : Libri Plureos GmbH, Friedensallee 273, 22763 Hambourg (Allemagne)

ISBN : 978-2-3225-2470-9
Dépôt légal : Septembre 2024

Du même auteur

*Fluorescence*
BoD 2023

*300 000 ans*
Librinova, 2021

*Histoires filantes,*
Éditions Publibook, 2020

*Apesanteur et pluie d'étoiles,*
Éditions Publibook, 2011

*Trentemoult et les Îles,*
Éditions du Petit Véhicule, 2003

*Les lumières de Diawar,*
Éditions du Petit Véhicule, 2002

*Le deuxième monde,*
Éditions du Petit Véhicule, 1997 (rééd. 2001)

*Les anges d'Alkhémia,*
Cid éditions, 1982

Les hommes font de leurs yeux les bornes de leur esprit, alors qu'ils ne doivent être que le guide et l'indice.

**Le philosophe inconnu**

## Lilith

« Si tu ne te surpasses pas, à quoi sert le ciel ? ».

Stacy perçut derrière elle une petite voix avec juste ce qu'il faut d'autorité pour l'agacer. Elle se retourna et vit, droite devant elle, les bras croisés comme le ferait une mère contrariée, une fillette d'une dizaine d'années soutenant son regard. Au loin, les parents observaient la scène. Leur promenade dans le parc Star de Coronado produisait un événement toujours curieux. Ils attendaient avec une certaine fébrilité la prochaine victime de leur fille. Elle n'y jouait jamais, mais approchait les adultes, sous la surveillance d'une mère inquiète et d'un père débordé, ressentir les pensées d'un homme, d'une femme, parfois d'un enfant, avant de leur lancer au visage une de ces phrases si simples, mais d'une spontanéité crue et d'une impertinence tout à fait volontaire. Impertinence ? Oui, quand il s'agit d'une enfant dont les paroles peuvent et doivent déborder l'adulte.

– Si tu ne te surpasses pas, à quoi sert le ciel ? répéta Lilith avec une douce impatience.

Vraiment prise de court, et ne supportant pas l'autorité de quiconque surtout celle d'une gamine, Stacy allait partir. Elle part. Enfin, presque. Intriguée, elle se tourna tout de même vers la fillette, observa un instant les parents, revint vers elle et son regard peuplé, et lui dit :

– Ce sont tes parents qui t'ont demandé de me dire ça ?

Elle haussa les épaules. Elle était habituée à l'incrédulité que provoquait chacune de ses interventions.

– Dis-moi madame, tu ne m'as toujours pas répondu !

– Et que vas-tu comprendre de ma réponse ? Le mieux est que tu ailles jouer avec les autres enfants.

– Donc tu fais une discrimination entre le monde des adultes et celui des enfants, c'est pourtant le même univers. L'enfant que tu as été est toujours là, en toi, mais tu l'as bien caché pour qu'il ne te dérange plus avec son apparente immaturité. Sa part d'ignorance est pourtant un vivier de questions futures, n'est-ce pas ?

Stacy fit quelques pas et s'assit sur un des bancs de béton du parc. Son regard se porta de nouveau vers les parents comme pour leur demander de l'aide, mais Lilith qui l'avait suivie ne lui en laissa pas le temps.

– Alors ma réponse !

– Je ne vais tout de même pas me mettre à discuter avec une gamine sur le sens des choses ou je ne sais quoi d'autre.

– Tu as peur d'être dépassée ?

Elle l'était, mais elle se ressaisit. - Tu veux discuter ? Eh bien, discutons, affirma-t-elle en recherchant l'approbation des parents qui s'étaient rapprochés.

– J'attends toujours ta réponse !

C'était à la femme de s'impatienter.

– Tu insistes toujours de cette manière ?

– Ce n'est pas une réponse puisque c'est une question.

Elle leva les yeux au ciel comme pour le prendre à témoin. Puis les ferma un instant, se demandant comment elle était parvenue à être ainsi piégée, dans une ébouriffante discussion.

– En fait, je ne comprends pas ta question, elle n'a aucun sens.

– Bien sûr qu'elle a un sens, mais tu ne prends pas le temps d'y réfléchir un tout petit peu.

La femme interpella les parents.

– Elle est toujours comme ça ?

Ils ne répondirent pas. Ils avaient renoncé à intervenir. En fait, ils avaient enfin accepté que leur fille fût ainsi trop différente.

– Et si tu me disais comment tu t'appelles.

La fillette baissa la tête, souffla discrètement sa déception, haussa un peu, si peu, les épaules, puis plongea son regard dans celui de la femme.

– D'accord, je te réponds, c'est Lilith, mais je vois que tu veux revenir à une situation plus conforme à mon âge. Et tu supposes t'épargner ainsi d'une réponse que te demande un peu d'effort.

– Quel âge as-tu ?

– Je vois que tu insistes ! Civilement, j'ai 10 ans !

C'était bien la réponse à sa question, mais le « civilement » n'avait manifestement pas sa place dans la bouche d'une enfant.

– Civilement ? Pourquoi m'avoir dit ça ?

– Me serais-je trompée sur le sens de ce mot ?

– Non, mais est-ce que tu en comprends le sens ?

– Est-ce que le mot utilisé aurait été improprement employé dans ma réponse ?

– Non, mais…

– Alors ma réponse est parfaitement juste et surtout précise.

La femme se tourna de nouveau vers les parents.

– Mais qu'est-ce qu'elle a votre fille ?

– C'est important pour elle que vous répondiez à sa question, déclara la mère. Quant au père, très en retrait, il se contenta de sourire.

Stacy revint à la fillette et lui dit :

– Je ne sais pas quoi te répondre.

– C'est déjà un bon début, parce que ta réponse est honnête.

Elle se détourna de la grande femme qu'elle avait repérée, se dirigea vers sa mère, lui prit de la main comme n'importe quel enfant, et quitta le square, laissant Stacy sur sa surprise. Mais elle entendit au loin la fillette lui crier : « on va se revoir bientôt ».

## Le trouble de Stacy

Peu de monde dans la galerie Art et Frame à Orange avenue. L'heure tardive avait été retenue par Ethan Kelly l'unique ami de Stacy, le seul à accepter ses spécificités dont il n'a jamais pu comprendre la nature, ni même définir ce caractère singulier fait d'intelligence, d'intuition, d'impatience comme si le monde n'allait pas assez vite.

« Il est aussi lent qu'un ordinateur des années 80, c'est insupportable » lui avait-elle dit un jour sombre. D'humeur parfois changeante, il devinait à son regard, à son langage corporel, s'il devait l'accueillir d'un simple sourire comme pour l'apaiser, ou d'une accolade chorégraphique, juste ce qu'il faut d'extravagance, car elle savait être excessive, ces instants où le corps tremble de toute cette force à faire vibrer l'âme. À son arrivée devant la galerie Art, il la vit froide, distante, presque en colère. Il se contenta d'un signe de la tête, ne posa aucune question et l'invita à entrer dans la galerie. Minimaliste à souhait, il n'en fallait surtout pas davantage.

– Je reste trente minutes, pas une de plus. J'espère que les trois artistes que tu veux me faire découvrir en valent le coup. J'ai vraiment autre chose à faire que de perdre mon temps à voir des cracheurs de couleurs se vautrer dans le plaisir nauséabond de leur propre importance.

Ils sont restés trois minutes.

Peu de monde à cette heure. Ethan connaissait son amie, elle ne supporte pas la foule. La modeste façade de la galerie ne disait rien de l'espace intérieur. Les salles se révélèrent vastes, claires, d'un délicat blanc cassé réchauffant les volumes et mettant en valeur les toiles exposées.

Dès le premier tableau de Frédéric Benrath, elle fut traversée d'une émotion qu'elle refusa de vivre. « C'est insensé, se disait-elle, quelque vapeur de couleur et ça me met dans cet état ? ». Elle n'en dit rien à son ami. Mais lui avait bien décelé ce petit tremblement des mains, rien d'intense, à peine visible, mais bien là. Ne voulant pas rester figée devant la toile prouvant que son ami avait eu raison de lui présenter cet artiste, elle alla d'œuvre en œuvre, il y en avait une dizaine, et à chacune d'elles l'émotion devenait plus envahissante. La colère montait. Ethan gardait le silence, quelques mètres en arrière pour ne pas imposer sa présence et laisser son amie à son déferlement d'émotions. Puis vint les toiles de Pierre Graziani, si différentes en caractère et si semblables en ambiance. Les mêmes effets de nuages, des volutes d'une légèreté agaçante, comme si une part de l'artiste s'était diluée dans sa peinture étendant sa conscience au-delà des limites de son corps. Elle préféra marcher d'un pas vif comme pour mieux s'ancrer dans la matière, s'éloigna des toiles tout en jetant un regard troublé sur chacune d'elles, et tomba sur le travail gigantesque en dimension de Julie Mehretu. Peut-être une forme singulière du coup de grâce.

Elle vit des structures comme des chemins éparses, des liens visibles se faufilant à travers la vie. Les toiles étaient si grandes qu'elles occupaient son champ visuel. Une immersion complète, un voyage intérieur. Des larmes, là, discrètes larmes. Stacy revint sur ses pas, jeta un dernier regard sur la première toile de Frédéric Benrath, et s'éjecta de la galerie.

Ethan dut courir pour la rejoindre. Puis une marche muette dans les rues droites et ensoleillées de Coronado, en direction de l'océan. Un peu de sa brise pour décoiffer l'émotion. Stacy savait qu'il ne lui poserait aucune question avant un moment, mais qu'il ne lâcherait pas prise avant d'avoir une réponse qu'il estimera acceptable.

– Je ne te dirai rien de ce que j'ai ressenti, je pense que tu en as eu un petit aperçu tout à l'heure. Mais ma journée a commencé par la rencontre d'une gamine dont l'intelligence m'a débordée. Je l'ai considérée comme une enfant quand j'avais en fait une adulte devant moi. C'est la première fois qu'une personne est capable de me surprendre. C'est insupportable. Laisse-moi maintenant.

Ce n'est pas qu'Ethan manquait de caractère, mais il connaissait le tempérament intransigeant de son amie en grande difficulté pour toute forme d'adaptation. Il se retira assez satisfait tout de même d'être finalement parvenu à la surprendre.

### Rencontre insolite

Le lendemain matin, Stacy comprit dès son réveil qu'elle ne parviendrait pas à se concentrer sur les nombreuses décisions qu'elle avait à prendre. Perdre son temps lui était insupportable, mais persister dans l'inefficacité revenait à gâcher le peu d'énergie qui lui restait à son réveil. Fragile endurance. Ces états d'épuisement survenaient après une forte émotion. La veille en avait été gourmande. Marcher était sa thérapie. Corps en mouvement. Rassembler ce qui est dispersé. Calmer le mental.

La plage, à quelques pas de chez elle, était devenue son terrain de jeu, un jeu précieux, qui serait le plus présent de ses deux facettes : la femme quarantaine certaine de ces acquis et la part plus sensible, plus profonde, finalement plus expérimentée, mais plus discrète, trop discrète, qui réclame à voir le jour quand elle est emportée dans un flot d'habitude ? Donc elle marchait le long de l'océan, mais...

« Les tiens résument le monde à ce que leurs sens ont pu dire de lui. Ce filtre grossier, mais nécessaire révèle à l'homme une part du monde. Presque un dessin d'enfant. Or le résumé n'est pas toute l'histoire ».

Stacy fixa toute son attention à cette vaguelette mourant à ses pieds avant de se tourner vers la personne qui venait de la déranger en lui assénant un de ces pseudo-aphorismes qu'elle avait en horreur. Mais elle ne vit qu'une légère brume poussée par la brise marine. Elle se diluait dans les lueurs du jour. Elle chercha encore, surprise d'avoir entendu une voix si claire lui murmurer ces mots aussi puissants que le souffle chaud d'une confidence, puis reprit sa marche.

Ses longues errances le long de l'océan avaient toujours eu le pouvoir d'aiguiser sa lucidité. Marcher, ressentir, questionner, résoudre, accueillir les ondes qui font une vague, humer l'humeur du jour, se savoir si présente en appui sur le sable. Elle en revenait grandie et ressourcée. Son entreprise réclamait d'elle une telle énergie qu'il lui fallait voler ce temps. Instant ample et apaisant. Elle se dérobait ainsi à la pression d'un travail qui lui avait coûté deux divorces et un arrêt cardiaque au cours duquel elle vécut une ahurissante expérience psychique. C'était son secret. On ne parle pas de ces choses-là dans les affaires.

Mais aujourd'hui, elle prenait enfin un peu de temps en réponse aux émotions de la veille. Elle s'était dirigée vers la plage avec pour seule idée de se faire du bien. Une simple marche, croyait-elle, une marche comme elle les aimait, lente houle du corps au rythme du roulement sourd des vagues. Elle en avait ressenti l'impérieux besoin avec le cœur si léger, malgré son épuisement, qu'elle en aurait pleuré. Instant de grâce où rien n'est plus important que la conscience d'être là. Physiquement, elle l'avait ressenti. Respiration profonde, si profonde, et ce sentiment fou d'être simplement heureuse sans raison connue.

Ce fut la première étape.

Rentrée chez elle, son secrétaire lui tendit une fiche, celle d'un homme qui l'avait appelé quelques minutes plus tôt. En la lui présentant, il tremblait, un peu, juste un peu, mais il tremblait.

– Que vous arrive-t-il ? lui demanda-t-elle.

Il allait rejoindre son bureau quand elle le retint d'un geste autoritaire.

– Vous allez me dire ce qu'il se passe !
– Rien, vraiment rien. C'est personnel.
– On va en parler, suivez-moi !

Elle déposa son sac sur la crédence de l'entrée et se dirigea vers la partie privative de la maison, tout en invitant son secrétaire à prendre place autour de la table de la salle à manger. Pas le canapé, trop intime, il est son employé, mais cette partie du salon tout de même pour une approche plus personnelle.

– Vous travaillez pour moi depuis deux années, je connais de vous juste ce qu'il faut pour savoir que vous êtes troublé. Si j'insiste, c'est parce qu'un collaborateur mal à l'aise est moins attentif à son travail. Vous allez donc me parler autant pour vous que pour moi. Je vous écoute !

Le ton naturellement autoritaire de sa patronne ne lui laissait aucune échappatoire.

– C'est l'appel de cet homme, dit-il puis il se tut.

Elle attendit qu'il en dise davantage, s'impatienta, le fit comprendre à son secrétaire par un geste qui l'invita à poursuivre.

– Il m'a dit que je ne devais pas m'en vouloir.
– Mais de quoi ?
– Je ne souhaite pas en parler, c'est personnel.
Elle comprit, accepta et demanda.
– Il a dû vous dire en quoi vous ne deviez pas vous en vouloir.
– Il savait exactement ce qui m'inquiète depuis des années. Comment pouvait-il le savoir ? Il a vraiment cherché à m'apaiser, mais ça a fait remonter tant de choses difficiles.
– De quoi se mêle-t-il ? Retournez à votre bureau, lui dit-elle tout en regardant la fiche qui lui donnait la date et l'heure d'un rendez-vous, soit le lendemain.
– Et en plus, il impose le moment de se voir. Je vais lui reprocher sa maladresse, rien que pour ça j'accepte de le rencontrer.

En se levant, elle lut la petite phrase ajoutée par le secrétaire : « Il se dit capable de révolutionner le monde informatique avec un microprocesseur pouvant s'affranchir du temps. Ses calculs seraient instantanés ».
– Ben voyons !


Petite station balnéaire longeant une plage vaste comme le monde, Coronado contemple les houles du pacifique finir ici leur longue course. Dans sa maison de Loma avenue, Stacy attendait son rendez-vous, une colère sourde comme une vrille autour d'elle. Blesser un de ses salariés, c'est toucher l'entreprise. Elle y était d'autant plus sensible qu'elle-même se sentait affaiblie après son accident cardiaque survenu comme une déchirure dans le tissu de ses certitudes, quelques mois plus tôt. Depuis, elle avait développé une forte créativité, elle en avait été surprise, mais le prenait comme un cadeau actif, très actif. Plus inquiétant, elle agissait comme si le temps allait lui manquer. Ce sentiment n'avait rien de nouveau, mais son intensité, si !

Elle dirige sa société de conception de microprocesseur depuis trois années. Son inventivité lui avait permis de se développer au point de ne plus avoir de place dans sa maison pour le déroulement de ses recherches. En trois ans, elle avait pulvérisé la loi de Moor qui affirme que toutes les deux années les capacités des microprocesseurs devaient doubler. Mais arrive une limite physique à la miniaturisation et la rapidité du cœur de l'ordinateur. Dans un premier temps, elle a proposé un nouveau processeur basé sur le graphène, mais qu'elle avait estimé encore trop lent à ses yeux, puis l'antimoniure de gallium, plus rapide, plus subtil, mais ne lui convenant toujours pas. Elle voulait un bouleversement, une révolution. Elle devinait qu'il était possible de créer un état logique avec un phénomène physique différent. Elle a pensé à un processeur à effet tunnel à forte pente sous le seuil, mais dans ce cas il lui fallait revenir à la silice, la base du microprocesseur actuel. Il n'en était pas question. Pourquoi ? Parce que ! Puis elle pensa au puits quantique et aux nanoparticules, sans réelle conviction.

En fait, son attitude était plus intuitive que logique. Elle ne comprenait d'ailleurs pas cette nouvelle fébrilité à inventer une application qui, manifestement, la dépassait alors que ses récentes découvertes allaient déjà au-delà, et de beaucoup, des capacités actuelles des ordinateurs. Elle ne pouvait s'en satisfaire. Avant de commercialiser quoi que ce soit, il fallait que ce soit parfait.

Tout à coup, une pensée évoqua une nouvelle procédure permettant d'accélérer le processus. « Sublimation du temps, en fait le présent en est dépourvu, il faut jouer avec cet état ». Elle avait entendu cette phrase avec une clarté dérangeante, comme sur la plage, la veille. Décontenancée, elle resta figée quelques minutes, debout, dans une pause muette, avant de se diriger vers son salon.

Habituellement, son bureau encombré de livres, de papiers divers et de composants électroniques d'un autre âge, servait aux rendez-vous professionnels. Mais, elle se surprit à préparer son vaste salon. Elle a toujours eu des difficultés à comprendre les codes sociaux et leur utilité, c'est la raison pour laquelle son bureau-fouillis lui convenait si bien pour recevoir un étranger. Elle faisait ainsi l'économie d'explications, qu'elle estimait futiles, sur la nature singulière de son univers. C'était au visiteur de s'adapter et non à elle. Mais là, l'instinct lui dit d'agir autrement. Elle en était nerveuse.

– C'est moi qui lui ouvrirai la porte, avait-elle déclaré à son secrétaire.

– Vous ne le faites jamais, avait-il répondu très surpris. Il connaissait les terreurs sociales de sa patronne.

– Contentez-vous de respecter ma demande, et restez dans votre bureau, je ne veux pas être dérangée.

Il avait déposé sur la table de la salle à manger le dossier de presse de l'entreprise, et s'était retiré.

L'homme est là, au seuil de sa porte : petit, chauve, rond. Il avança vers elle dans un essoufflement gras. Elle eut quelque difficulté à lui serrer la main, ce dont elle avait naturellement horreur. Une main ferme se dit-elle, mais moite comme elle le redoutait. Puis elle l'invita à s'asseoir tout en l'observant. C'est seulement à ce moment qu'elle vit son regard. Un embrasement des yeux comme s'il portait le ciel à lui tout seul, d'une clarté presque dérangeante. Elle avait le sentiment que ce corps trop petit ne pouvait contenir tout l'être qui l'occupait. Un peu comme si un plongeur s'était revêtu d'une combinaison quatre pointures en dessous.

L'homme paraissait engoncé dans ce corps trop court, lourd et dense. Mais ce regard et son étrange légèreté lui redonnaient confiance. Elle l'invita à lui parler en s'asseyant face à lui. Il parla. La voix l'a surprise, profonde, élégante. L'élocution fébrile et ses mots-geyser accrochés à son souffle. Elle faillit rire. C'était du grand art. À le voir, impossible de suspecter la délicatesse de sa parole. À l'entendre, elle naviguait sur des routes inconnues.

Elle l'a longuement écouté. Des phrases, loin en apparence des raisons de sa venue, l'ont intriguée : « L'univers a surgi à partir du vide », « Il est possible d'extraire des particules du vide ». « Le vide contient des ondes qui apparaissent aléatoirement. Elles ont les caractéristiques des particules ».

Il est fou, se dit-elle, mais passionnant, toutefois elle l'interrompit :

– Pourquoi me raconter toutes ces choses dont je ne pourrais rien faire ?

Il sourit. Son flot de paroles avait pour but de la submerger de sensations, un peu à la manière d'un message subliminal non perçu objectivement, mais fortement ressenti. L'intervention de Stacy lui signalait qu'elle avait bien intégré les notions énoncées, mais aussi les autres, indirectes, autrement plus importantes.

– Vous vous trompez, vous pouvez accéder à ces particules du vide.

– L'énergie du vide ? Je n'y crois pas !

– En fait, il s'agit d'autre chose. Le vide pourrait être perçu comme une attente, un état implicite de particules.

Bien que ce ne soit pas que cela. Il est possible de les extraire volontairement.

– Mais il faudrait une énergie folle, je me souviens d'avoir lu une étude à ce sujet.

– Ce serait surtout d'un usage très grossier. Il existe un moyen bien plus subtil. Émettre la fréquence des particules dont vous auriez besoin pour « construire » sur un plan quasi vibratoire les éléments du microprocesseur que vous cherchez à créer.

– Comment savez-vous que mes recherches portent là-dessus ?

– Qu'importe, je le sais ! Le vrai sujet, c'est la nature profonde des structures de la matière que je suis en train de vous présenter. Les particules dont je vous parle s'en trouveraient comme réveillées, quittant leur état implicite, allant de leur état en repos à un état actif.

Stacy n'aimait pas qu'on lui impose le rythme d'une conversation qu'elle n'avait pas décidé, mais elle accepta malgré tout l'autorité naturelle de ce curieux personnage imprégné de sa science, d'une élégante richesse intellectuelle perdue dans un corps aussi disgracieux, et lui demanda :

– Pourquoi ne pas réaliser la même opération directement sur la matière existante, en ponctionnant les particules qui la constituent ?

– Inefficace parce qu'elles ont une masse. Ce qui n'est pas le cas des particules issues directement du vide, donc sans masse tant qu'elles ne sont pas passées dans le champ de Higgs. Ce qui pourra se faire après coup lorsqu'elles se seront organisées par le champ harmonique que vous aurez produit pour réaliser votre microprocesseur.

Il se tut. Délirant, passionnant, mais délirant. Elle ne croyait pas cette opération réalisable. Notre science n'en est pas là à moins d'inventer une nouvelle physique. Lui, paraissait suivre le cours de cette pensée. Souriait parfois lorsqu'elle émettait un doute ou une nouvelle hypothèse. La créativité de Stacy ? Une véritable chorégraphie. Puis elle affirma :

– Je n'ai pas le matériel pour une telle réalisation. Notre entretien s'arrête donc là, ajouta-t-elle avec une évidente brusquerie.

– Mais je ne vous ai pas tout dit. Ce que vous allez créer n'est pas un simple microprocesseur, c'est tellement autre chose. L'objet numérique - à votre niveau je ne peux que le présenter ainsi surtout ne le prenez pas mal - se greffe à la place d'un microprocesseur, une équivalence à laquelle s'ajoute un programme sans en être un, des algorithmes s'en en être davantage qui vont vous permettre de mettre au grand jour la première Intelligence artificielle psychique.

Il se tut, lut l'incrédulité de Stacy, sourit et garda le silence encore un moment, le temps d'une pensée. Il entendit « encore du temps perdu ».

– Vous me proposez la création d'une « I.A. forte », c'est-à-dire dotée d'une conscience ?

– Je parle d'une I.A. psychique, c'est tout à fait autre chose. Jamais la matière ne pourra fournir ne serait-ce qu'une onde de conscience. Le croire, c'est avoir une vision matérialiste du sujet. C'est la conscience qui prend possession de la matière.

– Et ce serait le cas de l'I.A. psychique ?

– C'est beaucoup plus subtil que ça. Mais je vous en parlerais plus tard !

Il sortit de la poche de son manteau une petite boîte à peine plus grande qu'un paquet de cigarettes, d'un noir velours aussi dense que la pensée des hommes, et la lui tendit.

– Prenez, c'est pour vous !

Doux au toucher, presque tiède, peut-être vibrant, un peu, si peu, mais vibrant. Elle lui demanda du regard ce qu'elle pourrait bien faire.

– Posez-la sur la tranche et attendez une heure. Vous verrez bien !

Il se leva, lui demanda de rester assise d'un geste bref de la main, quitta le salon et referma la porte si délicatement. Elle posa simplement la boîte sur la table basse et s'en désintéressa. « Je ne serais pas complice de son délire », pensa-t-elle.

Durant tout l'après-midi, elle se convint qu'il lui fallait travailler, produire, inventer, mais elle ne parvenait qu'à brouiller sa pensée sans parvenir à chasser les paroles du curieux petit bonhomme. Elle ne donnait aucun crédit à ses déclarations, mais (et elle détesta ce « mais ») il y avait dans ses paroles une telle authenticité qu'il s'en dégageait tous les aspects du vrai. À la fin de la journée, elle n'avait rien produit. Et elle ignorait évidemment que la somme de ses questions, la force de son refus, l'inquiétude de plier peut-être sous la conviction de son interlocuteur (dont elle ne connaissait d'ailleurs pas le nom. Comment avait-elle pu ne pas le lui demander ?) travaillaient à assouplir son caractère.

Le soir posait sa nuit sur les toits de Coronado. Quitte à perdre son temps, autant profiter de la douceur du climat, des rues trop linéaires, mais abondamment arborées, des gens, ces gens qu'elle ne comprenait pas vraiment, des touristes et leur éphémère présence, du scintillement des étoiles. En empruntant Orange Avenue, elle vit Ethan attablé à la terrasse du bar à vin Little Frenchie, accompagné d'un groupe d'amis. Elle faillit esquiver son regard et traverser l'avenue, mais elle se ravisa et répondit à son invite. Au milieu du groupe, elle pensera moins ou plus léger. Elle les connaissait tous, les appréciait peu. Ils n'étaient pas antipathiques, mais dieu qu'ils étaient bruyants.

– Viens t'asseoir à ma place, je vais aller chercher une chaise !

Elle s'inquiéta, ça signifiait rester seule un moment avec eux, ne sachant que leur dire. Elle avait un mal fou à entamer une conversation sachant qu'il fallait l'amorcer d'une question ou d'une affirmation d'une horripilante banalité. Elle ne trouva rien, laissant les amis d'Ethan dans un silence gêné. Lorsqu'il revint avec sa chaise, l'ambiance se détendit aussitôt. Tous connaissaient Stacy, son caractère intransigeant, son discours d'une froideur glaciale et ses silences qui vous feraient traverser l'Antarctique à pied avec ravissement. On frôle le zéro absolu avec cette femme avait, un jour, déclaré l'un des amis d'Ethan. « Sa richesse n'est pas dans le contact. Ou tu t'accordes avec ce qu'elle est ou tu t'en écartes ».

Elle murmura une courte phrase à son oreille. Il faillit se lever.

– Tu en es certaine ?
– Oui, fais-moi boire !

Il n'osa lui demander ce qui l'avait mis dans un tel état. Mais elle lui répondit : « J'ai passé une journée stérile, autant la brûler dans l'alcool ». Ce qu'elle fit à la surprise du groupe. Puis, à mesure que la soirée avançait, elle se détendit probablement pour la première fois de sa vie. Elle a même eu l'envie de parler aux deux hommes et aux trois femmes, là devant elle, étonnés de découvrir une tout autre personne qui pouvait faire preuve d'humour. Ce qui la rendit un peu plus humaine. Un peu plus seulement, car ils se doutaient que le lendemain une pluie de glace la retraverserait.

**Boîte noire**
Le lendemain, les lueurs de bien-être avaient disparu. Elle s'en voulut d'avoir été ainsi, non pas ivre, mais accessible. La plage, une nouvelle fois, comme pour se laver de la soirée. Une marche, une méditation involontaire. Stacy ignorait la valeur profonde de cette errance, mais elle savait ainsi appeler cette brume de légèreté dont elle avait besoin maintenant.

À son retour, elle vit sur la table basse le boîtier du « faiseur de microprocesseurs », à peine plus grand qu'une boîte de bonbons. Elle en caressa le couvercle fait d'un bois sombre aussi luisant qu'une soie. Elle l'ouvrit et vit qu'il était vide. « Je ne vais quand même pas faire ce qu'il m'a demandé », pensa-t-elle. Et pourtant, elle ne put résister et la posa sur la tranche, l'abandonna sur la table du salon et retourna à ces activités autrement plus concrètes que le discours du petit homme, et l'oublia toute la journée. Le soir, après le départ de son secrétaire, elle se dirigea vers le salon s'offrir un instant de répit après une journée harassante. La mise en place d'un nouveau projet réclame une patience quasi angélique face aux contraintes administratives. La construction mentale de ces hommes et ces femmes en principe au service des autres, aussi singulière qu'une pensée morte, la laissait totalement démunie comme si elle devait converser avec un saurien.

Elle allait s'asseoir sur le canapé, quand elle vit la petite boîte sombre. Elle s'en approcha. Refusa dans un premier temps de la prendre et de l'ouvrir. Le faire aurait été donner du crédit à ce qui ne peut pas en avoir. Et pourtant elle l'ouvrit, pas même incrédule. Elle l'ouvrit certaine de la voir vide. Elle se le reprocha, car une part d'elle, la plus profonde, la plus savante, voulait y croire. Tant d'espoir dans toute forme de croyance. Elle qui vivait avec l'idée de chasser toute illusion, tout biais cognitif - ou tout au moins en réduire au mieux l'impact dans sa vie, sa réflexion - mais au plus secret du cœur, dans les limbes de la conscience, vivent les ondes d'un savoir plus secret, comme un écho venu des profondeurs de l'âme qui vous dit que, peut-être, la vérité d'un instant pourrait être démentie le lendemain. Elle ignorait évidemment qu'elle était au seuil d'un nouveau savoir.

Elle en souleva le couvercle et découvrir un objet minuscule. Une petite sphère vibrante, percée de trous à peine visibles. Elle pensa qu'une personne l'avait mise là, mais qui, pour lui faire croire à l'impossible. Elle pensa à son secrétaire qui se serait fait complice du petit homme. Or il était si dénué d'imagination qu'elle ne le voyait pas discrètement déposer la petite sphère à peine plus grande qu'un dé à coudre. L'objet était curieusement chaud dans la paume de sa main. Elle se saisit d'une loupe et en découvrir de minuscules cavités ou des conduits pénétrant profondément dans sa matière. Au dos du boîtier, elle vit un schéma permettant la connexion avec l'un de ses ordinateurs. Toujours dans le doute, mais malgré tout impatiente, elle l'installa à la place du processeur qu'elle déconnecta. Elle n'eut pas longtemps à attendre. Premier test, premier résultat. Il tenait de la magie. Son ordinateur paraissait possédé. Le souffle brûlant d'un petit démon traversait chacun des composants, leur offrant de nouvelles capacités plus vives que la lumière, celle des étoiles peut-être. « Impossible », pensa-t-elle, pourtant à chacune de ses actions pour en évaluer les performances, elle vit les graphismes grimper comme à la conquête de l'Everest. Et les seuls tests qu'elle a réalisés restaient sur le registre scientifique. Jamais elle n'a sollicité ces nouvelles compétences autrement qu'à travers des chiffres. Elle aurait pu faire une demande, comme on le fait avec une I.A. simple, et espérer un résultat totalement fou, mais c'était justement ce qu'elle redoutait. Et puis, tout ce qui n'avait pas la forme à peu près convenable d'une équation lui échappait totalement. Elle refusa d'aller plus loin. Être surprise, oui, un peu, pas trop. Stacy se veut froide pour mieux maîtriser ses états émotionnels qui peuvent dangereusement la déstabiliser et l'épuiser.

Elle reprendra l'expérience, mais plus tard. Il lui fallait encore marcher, quitta sa maison, se dirigea vers la plage. Elle marchait sans apaisement, elle marchait à la recherche de cette présence parfois ressentie. Elle marchait et pensa à son accident pour mieux chasser le boîtier, la petite sphère, l'aberration des tests réalisés.

Mais puisque la plage ne lui apportait rien, elle se dirigea vers le Coffee Shop de la 10ᵉ avenue où elle aimait se délasser entre deux rendez-vous. Elle s'installa près d'une des tables placées sur le trottoir, commanda un café, et se laissa submerger par ses questions quand elle vit, à la table voisine, une jeune femme l'observer sans aucune discrétion. Stacy répondit froidement à son sourire, s'étonna de ce regard flamboyant, se saisit de son café, le but aussitôt et se préparait à quitter sa table quand la jeune femme l'interpella :

– Je vois que le petit boîtier vous laisse perplexe !

Stacy fixa la jeune femme, visita ce regard feu. Il lui semblait que l'iris esquissait de brèves, très brèves variations de teinte, ou était-ce l'intensité des reflets, ou plus simplement l'effet de sa propre agitation ? Habituée à dominer les situations plutôt qu'à les subir, elle resta en silence laissant à l'intruse le soin d'expliquer sa remarque. D'un geste de la main, la jeune femme l'invita à sa table sans la quitter des yeux.

– Je vous avais bien dit que ça fonctionnerait, ajouta-t-elle le ton un peu moqueur, juste un peu.

Une provocation ? Stacy le supposa. Comment cette femme pouvait-elle être au courant de la transaction effectuée avec le petit homme ? Elle lui dit :

– Il vous a tenu au courant de notre entretien, d'accord, mais pourquoi intervenez-vous d'une manière aussi artificielle ? Qui êtes-vous ? Qui est-il ?

– Les bonnes questions seraient plutôt quoi est-il, quoi suis-je ?

Stacy, en colère, se leva et délaissa les divagations de son interlocutrice. Celles du petit homme lui suffisaient, et c'était déjà trop. Le café ne sera pas bu. Stacy chassa la remarque de la femme d'un geste impatient comme elle l'aurait fait avec un insecte, n'importe lequel. Elle y était allergique.

Lorsqu'elle s'approcha de sa maison, elle vit un grand homme l'attendre devant sa porte. Corps sec, visage volontaire, cheveux sombres, très longs, dont une partie en queue de cheval. Son allure l'impressionna, mais plus encore ce regard aux couleurs changeantes, et ce sourire qui semblait dire « devine qui je suis. » Il lui dit :

– Votre impatience à mon égard est salutaire. Vous résistez, mais une part en vous commence à comprendre. Cette part liée à ce que vous avez vécu pendant votre coma.

Puis il se tut, attendant une réaction. Elle vint, silencieuse et douloureuse. Stacy pleurait et souriait. Stacy maîtresse femme redevenait l'enfant, cette part de soi jamais séparée de la grande conscience. Elle dit :

– Si je vous fuis maintenant et retourne sur la plage et que je croise quelqu'un, il aura votre regard, n'est-ce pas ?

– Je vois que vous commencez à comprendre ! J'irais encore et encore à votre rencontre de cette manière parce qu'il est important que vous m'écoutiez.

– Et vous pensez vraiment que c'est la bonne manière plutôt que de vous montrer telle que vous êtes ? Et comment faites-vous ? Toutes ces personnes sont-elles sous hypnoses ?

Il lui sourit et déclara « Pas d'hypnose, ce serait trop facile, presque vulgaire ».

Sans vraiment comprendre la réponse et voulant rester sur un terrain plus tangible, elle demanda :

– La petite boîte « miraculeuse » n'était qu'un prétexte pour créer une confiance entre vous et moi ?

– C'est vrai, mais elle a surtout une fonction. Faire évoluer un système permettant de développer plus rapidement encore le lien entre les personnes, toutes les personnes. L'I.A. psychique va le permettre.

Elle revint à lui, à cette manière insupportable de la retrouver :

– Dites-moi ce que vous êtes ?

– C'est à vous de le découvrir. Je vous reverrai dans une semaine.

Elle vit le grand homme s'éloigner de la maison. Elle le suivit un moment, le vit s'asseoir sur un des bancs face à la mer, se pencher en avant, se prendre la tête, s'ébrouer comme l'aurait fait un animal effrayé, se lever, chercher sa route, chanceler un moment et disparaître au loin sur le boulevard de l'Océan.

La semaine passa à la vitesse d'une pensée. Stacy fuyait le personnage « polymorphe » en s'immergeant dans un emploi du temps aussi dense qu'une étoile à neutron. Son entreprise était devenue son centre de gravité, sa charpente intérieure, son théâtre personnel, son mythe permettant l'illusion d'être sur un chemin quand bien même ce serait une impasse. Un songe sans âme. Mais, la petite boîte, la chose à construire l'invraisemblable « microprocesseur » la ramenait chaque jour, chaque instant du jour, à ce curieux personnage allant à sa rencontre de regard en regard. Elle réalisa quelques tests, presque peureuse devant des résultats qui n'étaient pas censés exister. Des chiffres encore et encore, mais pas davantage pour l'instant. Prendre le temps d'accepter avant de se lancer dans une relation plus « intime » avec une I.A. vraiment très forte, dont elle ignorait si elle était psychique. Surtout préserver cette ignorance, une forme d'innocence qui la protégerait peut-être de ce qu'elle ne comprendrait pas. Stacy aimait comprendre, comprendre c'est maîtriser. Maîtriser c'est être certain du chemin pris, mais là, le chemin lui paraissait menaçant.

Les nuits semblaient presque plus lumineuses, plus apaisantes, réveillant - car la nuit on se réveille au rêve, une vie non physique, mais bien réelle - l'expérience vécue lors de son coma. Elle y était bien, forte, lucide, légère, savante, savante des choses universelles. Il lui semblait qu'une grande porte s'était ouverte sur un univers inconnu, mais pressenti, aussi vaste que des bras s'offrant à la rencontre. Elle avait vécu des états de conscience rares, vu d'éclatantes perspectives à vous tirer les larmes, entendu des paroles fortes à faire vaciller ses certitudes. L'expérience avait implosé ses convictions érigées comme un dogme. Mais en scientifique consciencieuse comment pouvait-on croire à une expression consciente quand le cerveau est muet ? Son cerveau avait été muet et Stacy avait poursuivi sa route hors de son corps le temps de la réanimation. Elle n'en avait parlé à personne doutant de la réalité de son expérience, redoutant le jugement de ses pairs. Elle doutait certes, mais elle savait faire la distinction entre un rêve et une réalité. Et puis, comment pouvait-on rêver le cerveau en silence ? Et ces paroles entendues, prévenantes, intimes, annonçant que sa vie s'orienterait vers de nouveaux projets, elle ne parvenait pas à les museler.

## Secret contrarié

Trop d'attente dans les locaux de l'United States Patent and Trademark Office, bureau des brevets. Stacy ne supportait jamais de faire la queue, elle avait donc demandé à Ethan de l'accompagner. Il connaissait les terreurs administratives de son amie. Elle, si brillante, ne comprenait rien aux demandes de l'administration, de n'importe quelle administration. Les textes lui paraissaient obscurs, imprécis malgré leur prétention à l'être à cause d'un jargon s'approchant d'une langue qu'on ne parle qu'entre initiés, et des formulations incomplètes avec des trous dans les énoncés.

– Cette attente est insupportable, lui dit-elle.

– On aurait pu protéger ton invention directement sur Internet.

– Non, je veux un humain devant moi.

– Pourtant tu es plus à l'aise devant ton écran.

– Oui, mais je veux pouvoir poser des questions, affiner mon dossier pour ne pas y revenir.

Enfin, la porte s'ouvrit, une femme élégante l'appela, la fit entrer ainsi qu'Ethan, leur proposa de s'asseoir et lui demanda le dossier prérempli. Elle avait tendu la main pour s'en saisir.

– Quel dossier ? lui demanda-t-elle. Un peu surprise la femme resta silencieuse.

– Oh non, dit Stacy, non. Pourquoi est-ce si compliqué ?

– Mais madame, il n'y a rien de compliqué en suivant une procédure précise.

Constatant le tremblement des mains de son amie, Ethan se saisit du bras et exerça une légère pression pour la calmer. Elle se calma.

– Je vais vous aider, déclara la femme. On va le préremplir ensemble. Ça vous convient ?

Tandis qu'elle répondait aux questions sur la nature de l'invention, que le dossier avançait à un rythme qui lui convenait (Ethan savait que l'impatience n'était pas loin), à la dernière question elle comprit que le dossier ne sera jamais accepté.

– Il me faudrait un schéma précis du processeur.

– Un schéma, pourquoi un schéma ?

– Mais madame, parce que c'est lui que vous voulez protéger. Il me faut donc la description la plus précise possible de ce qu'il contient, ses composants, ses circuits, les différentes mesures effectuées sur chacun d'eux. Bref, tout ce qui le constitue.

Ethan vit le désarroi de Stacy et lui dit : « peut-être que dans un premier temps tu peux dessiner un plan et quelques chiffres que tu affineras ensuite. Ça permettrait de bien avancer le dossier ».

« Je n'ai aucune idée de la manière dont il fonctionne », se dit-elle. Elle se tourna vers Ethan.

– Viens, on sort de là.

Elle se leva aussitôt, laissa la femme qui venait de lui consacrer beaucoup de temps, devant un dossier incomplet. Ethan la suivit tout en s'excusant de la brusquerie de cette décision, rattrapa son amie dans les couloirs, voulut lui parler, comprit qu'il valait mieux se taire.

– C'est tellement singulier que personne ne pourra en faire une contrefaçon. Pourquoi n'y avais-je pas pensé ?

Il avait entendu son murmure. « Tout peut-être contrefait, surtout dans l'informatique, je suis bien placé pour le savoir, j'en ai été victime faute de moyen pour protéger mes propres inventions ».

Elle haussa les épaules.

– Mais qu'est-ce qui te donne cette certitude ? lui demanda-t-il.

– Laisse, je sais ce que je dis !

– D'accord, mais alors pourquoi venir ici ?

– Je pensais protéger l'ensemble des composants de l'ordinateur, processeur inclus. Je suis tellement ignorante de tout ce qui touche l'administratif, tu le sais.

– Oui, mais ton dossier est toujours ici, partiel c'est vrai, mais tu as tout de même décrit les performances hallucinantes de ton invention qui devrait propulser l'I.A. dans la stratosphère. Ça va se savoir, surtout dans un domaine aussi tendu, il faut quand même protéger ton invention !

Elle fit volte-face et pressa le pas vers le bureau qu'ils venaient de quitter.

– Qu'est-ce tu crois faire, le récupérer ? Dis-toi bien qu'il est déjà sur le réseau de cette administration. C'est trop tard !

Elle frappa le mur de la paume de la main, un bruit sec comme pour chasser la contrariété. Puis déclara :

– Personne ne pourra en comprendre le mécanisme. Mon inquiétude n'est pas là, mais je pense à mes concurrents qui vont chercher à savoir, me contacter, j'ai horreur qu'on me contacte, m'attendre au pied de chez moi pour me parler, tu te rends compte, me parler sans me prévenir de leur venue.

– Arrête Stacy. Tu paniques pour rien. Oui, ils chercheront probablement. C'est malheureusement normal.

– Mais, c'est justement cette normalité-là qui me panique. Leur présence autour de moi, de mes activités, de ma vie. Tu sais bien que je ne le supporterai pas.

Ethan comprit qu'il ne le savait pas vraiment. Les difficultés de son amie étaient si peu visibles qu'il en avait oublié l'impact sur son existence au quotidien.

– Viens, lui dit-il, allons chez toi !

Elle accepta. Tout était allé trop vite. Les rencontres, enfant, hommes, femmes. La mystérieuse petite boîte. Le processeur à peine plus gros qu'un œuf de pigeon. Ses performances folles. Elle n'avait pas vraiment pris le temps de se poser, d'analyser, de comprendre. Elle était dans l'action pure, la réflexion viendrait après. Mais là, c'était un peu tard. Elle eut le sentiment de s'être mise en danger en voulant protéger l'improtégeable au bureau des brevets. Elle accepta, car la présence de son ami l'apaisait.

Elle lui proposa une boisson sans alcool. Chez elle ni vin ni boisson forte, rien que des jus de fruits. Ce qu'il y avait de plus fort était le café dont il ne voulut pas. En se dirigeant vers la cuisine, passant devant la table de la salle à manger, elle vit le petit boîtier, abandonné là comme un vulgaire objet du quotidien. Nouvelle frayeur, il pourrait être volé. « Mais qui pourrait savoir ce qu'il renferme d'étrange ce petit faiseur de processeurs gonflé à la mode des quantas ». Pensée rationnelle, mais son niveau de stress était tel qu'elle ne voulut pas entendre la raison, se saisit de la chose qui bousculait sa vie, quelques grammes d'une belle matière mate et sombre, et la plaça dans sa poche. « Au moins là, il est à portée de main ». Mais elle ne s'en contenta pas. Elle se dirigea vers le bureau, se saisit de l'ordinaire greffé à la petite sphère, alla dans sa chambre et eut l'idée saugrenue de le glisser sous la pile de draps dans son armoire, là où tout cambrioleur irait naturellement chercher.

Ethan qui attendait sa boisson, la vit si fébrile qu'il se leva du canapé, alla la rejoindre, n'osa lui saisir le bras (elle détestait d'être touchée par surprise), mais se plaça devant elle.

– Oui ? lui demanda-t-elle froidement.
– Qu'est-ce que tu es en train de faire ?
– Je protège physiquement ce que je ne peux protéger sur le papier.

– Bien, mais tu as eu la même nervosité en saisissant la boîte, celle qui est dans ta poche. Tu vas faire pareil avec un stylo, une boîte de biscuits, une savonnette, que sais-je encore ? Qu'est-ce qui t'arrive ?

Il était bien le seul à pouvoir lui parler ainsi sans la mettre en colère. Elle s'installa sur le canapé, se recroquevilla comme une enfant blessée, et pleura un peu, trop peu. Ethan ne l'avait jamais vue aussi désarmée. Que pouvait-il faire ? La prendre dans ses bras, impossible ? Lui dire de ne pas s'inquiéter, que tout ira bien, de simples phrases dépourvues de force. De simples conventions auxquelles Stacy était parfaitement insensible. Alors, il fit ce qui lui paraissait le plus simple, elle aime ce qui est simple, il s'assit en silence et attendit que le brouillard se dissipe. Il se dissipa petit à petit. Lambeau d'humeur tout humide de ses joues. Quand elle se redressa enfin, il sut pouvoir lui parler.

– Et si tu me disais ce qui t'arrive !

– Pas maintenant, vraiment pas maintenant je n'en ai pas la force.

– Ton invention t'a demandé tant de travail ?

Elle haussa les épaules. « Si seulement, se dit-elle ». Mais elle resta silencieuse. Puis elle se leva comme si la foudre l'avait frappée, et déclara comme s'il s'agissait d'une information capitale :

– Je vais préparer le repas, tu restes avec moi une partie de la soirée tu repartiras après le dessert.

Uniquement de l'amitié depuis des années. Il avait été un temps amoureux, mais avait compris que Stacy vivait sur un tout autre registre. Elle a été mariée, deux fois, car elle ignorait la nature profonde de son tempérament. Elle aime les hommes à la condition qu'ils ne soient pas trop près, et n'apprécie pas vraiment les femmes qu'elle trouve d'une extraversion bruyante.

Ils sont restés en silence le temps du repas. Puis il se leva tandis que le regard de Stacy s'abîmait dans le vide. Elle était un bateau ivre sur une mer agitée. Il quitta la maison en silence, et referma la porte tout en douceur et ne fit entendre que le petit clic de la serrure. La nuit était douce. Il se promena un moment le long de la plage sans quitter le boulevard. Et, quand il eut fini de penser, de ruminer, de ressasser les questions qu'ils n'avaient pu poser à son amie, quand il eut fini d'espérer se calmer, il rentra chez lui à quelques rues de la maison de Stacy.

Un mois passa. Tout allait bien. Les craintes de Stacy n'étaient que le fruit de son stress. Ethan était en déplacement professionnel. Ils se sont téléphoné plusieurs fois. Il la devinait apaisée. Mais il apprit par une revue d'informatique qu'un tout nouveau processeur semblait booster les ordinateurs dans des proportions quasi anormales. Certes, la revue était nationale, mais Stacy ne lisait rien concernant ses concurrents. Il en a eu confirmation lors de son dernier appel. Elle ignorait donc que le petit monde des algorithmes était informé des prouesses de son invention. C'était à lui de le lui dire lorsqu'il sera de retour. Quelques jours plus tard, il l'appela une nouvelle fois pour être bien certain qu'elle ne paniquait pas. Il ne reconnut pas sa voix, une voix si posée comme délivrée d'un stress.

– Tu as l'air bien, si bien, que s'est-il passé ?
– Si tu savais, Ethan, si tu savais. Je dois y retourner. Passe me voir dès ton arrivée.

Elle raccrocha.

## Exploration hyperbolique

Quelqu'un avait frappé à sa porte, elle en eut un frisson. Elle avait appris à reconnaître sa présence. Elle avait appris à accepter le deviner. Elle ouvrit et ne fut pas surprise de retrouver ce regard où paraissait vivre tout un peuple. Une petite femme d'une soixantaine d'années, ronde comme peuvent l'être les Italiennes. Elle avait cet accent succulent qui vous fait chanter la voix. Stacy avait ri en découvrant ce nouveau personnage. « Une divine comédie » avait-elle dit. « Ça y ressemble beaucoup », avait ajouté la femme en roucoulant sa réponse.
– Ce serait peut-être plus simple de vous présenter telle que vous êtes ?
L'Italienne avait souri, elle dit :
– C'est encore trop tôt, car me voir vous surprendrait tellement que vous refuseriez de m'écouter.
– Dites-moi au moins ce que vous êtes ?
– Un bâtisseur de monde, et je suis loin d'être seul. Mais aussi un murmure dans vos pensées.

Avec cette pirouette, Stacy comprit qu'elle n'en dirait pas davantage, puis lui posa une question à laquelle elle ne croyait pas vraiment, mais elle voulait tester quelque chose :
– Pourquoi allez de corps en corps ? Pourquoi ne pas reprendre le même, ce serait plus simple pour engager une rencontre, non ?

– Mais ce serait bien moins drôle ! Et je constate que vos questions témoignent de votre évolution. Vous êtes en train d'accepter l'inacceptable.

C'était donc ça ! Sa propre expérience lors de son coma l'avait convaincue qu'il y avait davantage que le monde physique, mais elle y avait résisté. L'instrument n'est pas le musicien. Le musicien est ailleurs sur un autre registre, ailleurs et là à la fois. Concepteur et acteur en alchimiste des actions du corps.

L'Italienne ressentit la vague d'émotions qui fit vibrer les certitudes de Stacy, ces instants si particuliers où le voile se dissout et libère une clarté vive.

Elle l'invita non plus dans son bureau, mais à s'asseoir dans un des fauteuils du salon. Approche moins formelle. Elle lui proposa un café à l'italienne justement, mais s'interrogea sur la pertinence de cette proposition.
– Cette femme connaît déjà évidemment, mais pour moi boire ce café sera une nouvelle expérience, j'adore les nouvelles expériences, aussi triviales fussent-elles.
Stacy sourit à cette remarque. Elle percevait l'invité comme un étranger découvrant un monde, mais aussi comme un être plein de malice, presque humain.
– C'est bien ce que je suis, mais vous n'avez pas encore tout à fait compris ma nature. Ce sera pour un peu plus

tard, lorsque nous nous verrons vraiment ! fit remarquer l'invitée.
– Quand vous prenez un corps...
– Je ne le prends pas. Je demande à l'hôte son accord, certes il n'en a pas vraiment conscience, mais la part la plus profonde, oui. Ensuite, je pratique ce que certains d'entre vous nomment l'adombrement. Ce qui signifie investir ou recouvrir d'énergie celui qui reçoit. Et je me propose de le faire avec vous. Cette femme, celle que j'occupe maintenant, va quitter votre maison, retrouver sa vie, son chemin sans souvenir précis de ce moment, mais ses rêves le lui rappelleront. Ensuite, je viendrai vers vous et avec votre accord, ici tout à fait conscient, je me mêlerai à votre conscience, mais pas à vos pensées. Votre intimité sera respectée. C'est une règle absolue. Je souhaite vous faire vivre une expérience qui sera un prolongement de ce que vous avez vécu lors de votre petite mort.

Stacy se leva, paniquée à l'idée ne plus être maître d'elle-même. Pire, elle ressentit cet acte comme un viol. « Pas s'il y a consentement » affirma l'Italienne en souriant. Puis elle lui demanda :
– Maintenant que voyez-vous ?
Tout d'abord, Stacy vit la femme quitter son salon, sortir de la maison, ne pas comprendre ce qu'elle faisait dans cette rue, tentée de se repérer, retrouva sa route, se tourna un instant vers la maison dont elle pressentait qu'elle venait d'en sortir, ne comprenait pas évidemment, et marcha d'un

pas rapide retrouver une route qu'elle n'aurait pas dû quitter.

À la vue de la femme désorientée après le retrait de l'Être, Stacy hésita, mais n'eut pas le temps de refuser l'expérience. Elle ressentit une présence s'approcher d'elle. Elle entendit : maintenant !

Elle fit un pas en arrière comme elle l'aurait fait face à un étourdissant tableau de maître. Sa vision semblait être passée du noir et blanc à la couleur puis au relief dans un même moment. Sublimation des sens. La pièce lui parut plus lumineuse, les couleurs saturées rayonnant une réelle luminescence.
– C'est magnifique. C'est vraiment votre vision ?
Elle avait parlé quand il lui suffisait de penser.
L'Être, en silence, laissait Stacy apprivoiser ce regard neuf. Quand elle ouvrit vraiment les yeux, incertaine et surprise, des images résiduelles se superposaient à cette singulière réalité. Elle y ajoutait une autre dimension, celle de sa conscience grandie qui creuse les perspectives et ajoute cette intimité aux choses - matière et conscience émanent d'un même projet. Stacy ne reconnaissait pas ces reliefs prononcés, ces couleurs plus nuancées et plus crues à la fois parce qu'elle ne les avait jamais vécues avec cette intensité. Elle ajoutait à l'image perçue une part d'elle-même, elle y projetait son expérience, sa personne, ses désirs, transfigurant tout un monde sur le fond de ses yeux.

Mais à la vue s'ajoutaient des sensations tumultueuses tant elles étaient neuves. Elle se surprenait à déceler les subtilités et les raffinements d'un monde, celui du dedans mouvant à souhait, et ses reliefs inconnus sous la forme de sentiments, de sensations, d'émotions nouvelles, celui du dehors, sous la forme actuelle de sa ville et de ses plages qu'elle visualisait avec une précision déconcertante. Elle vivait une authentique extension de conscience, et se laissait dériver, assurée de son retour en elle, vers ces nouvelles solitudes.

L'Être la savait sereine au-dedans, mais un peu tendue au-dehors, son corps semblait devoir réapprendre un nouvel espace qui serait comme retravaillé par son regard. « C'est autre chose », se disait-elle, elle murmurait ces mots. « C'est plus soyeux et plus profond. Comme une apesanteur, ce serait presque ludique ». Il y avait une joie étouffée dans sa poitrine. Une pudeur.

– Des images, des voix, des sentiments, dit-elle.

Elle ferma les yeux, encore emportée par une scène.

– Toutes ces pensées qui me traversent, et ces idées neuves comme si j'avais la réponse à toutes mes questions. Comment est-ce possible ? Et ce sentiment de sérénité. Il teinte tout ce que je ressens comme si j'avais inhalé de la poussière d'ange. C'est ce que vous vivez vraiment ?

– C'est encore plus vaste, car tu as gardé un grand nombre de tes filtres.

– À quoi servent-ils si c'est pour restreindre nos capacités à ressentir ainsi la vie ?

– C'est à chacun de les dissoudre au fil de l'expérience. L'éveil passe par là.

– Mais quand vous allez partir et moi revenir à ma vie, ma simple vie, comment vais-je supporter d'être moins que ce que je suis actuellement ?

– Ce sera difficile. Mais c'est un « coup de pouce » que je vous propose. Le souvenir de ce que vous vivrez maintenant te forcera non pas à aller plus vite, mais moins lentement.

– C'est un cadeau empoisonné !

– Si vous voulez le vivre ainsi, ce sera le cas.

– Pourquoi me proposer une telle expérience ?

– Pour les mêmes raisons qui m'ont amené à vous proposer cette petite boîte à produire un microprocesseur d'un nouveau genre : gagner du temps. Certains d'entre nous font vivre en ce moment même une expérience similaire à d'autres, qui permet d'accélérer, raisonnablement, l'évolution de ce monde.

– Pourquoi m'avoir choisi, je n'ai rien de particulier ?

– Vous n'êtes ni plus grande ni plus forte que quiconque, mais votre profonde sensibilité te permet de vivre ce moment si particulier. L'expérience lors de votre coma vous permet de vivre sans refus ce que je vais te faire découvrir. C'est largement suffisant.

Stacy de tous les jours, Stacy l'informaticienne aurait été vexée. Mais elle riait.

– Montrez-moi votre monde.

– Qui est aussi le vôtre. Regardez et surtout ressentez ! Sachez que vous et les vôtres êtes davantage que votre condition biologique. Vous êtes davantage que le mouvement de l'histoire humaine. L'expérience que je vous propose va vous permettre de quitter toute forme de protection idéologique. Tous les savoirs sont vains s'ils ne sont accompagnés d'une permanente interrogation.

Sentiment d'unité. Rien n'est séparé. Tout en émotion Stacy peinait à écouter son hôte. Elle percevait l'énergie, toute l'énergie de son salon. Une chaise là, le canapé, même le tapis paraissait exhaler l'étrange luminescence. Mais l'Être lui rappela que le voyage ne faisait que débuter.

Aussitôt une nouvelle image que Stacy reconnut, celle qu'elle avait vécu lors de son coma. « J'ai vécu jusqu'à présent comme si j'avais éteint tous mes sens, étouffé les bruits de ma vie. Le silence du cerveau vous laisse pour mort ou presque, mais c'est une naissance ! » C'est le premier passage, précisa l'Être, et tant d'autres sont à découvrir. Il l'invita à se déplacer, à quitter cette clarté et ses présences qui l'avaient alors accompagnée, pour un autre décor. Elle fut surprise d'observer un monde connu, reconnu, celui de son enfance. « Je m'étais attendu à plus d'ampleur, d'ensoleillement. Je m'étais attendu à un tsunami de sensations, à une orgie de couleurs et d'arabesques folles, et j'observe, par je ne sais quel miracle, la campagne de mon enfance. La vie après la vie ça n'est pas plus que cela ? »

L'Être lui fit ressentir les rêves et projets qu'elle s'était ordonnée de vivre sans pleinement y parvenir. « Ce serait le moment de les réaliser, là, dans ce cadre. C'est une étape essentielle qui vous permettra de comprendre pourquoi certains de vos projets n'ont pu se faire, comprendre vos propres lacunes, mais aussi vos talents déclarés lors des rêves que vous avez effectivement réalisés. Cette période pourra paraître brève ou prendre les allures d'une nouvelle existence selon la maturité exercée. Mais vous concernant ce sera pour beaucoup plus tard ».

Un nouveau mouvement, trop soudain. Elle se voyait au cœur d'un jeu de couleurs et de formes géométriques s'approchant d'elle, si près, trop près. Elle aurait voulu faire un pas en arrière. Mais ici, les pas, aussi petits soient-ils, n'existent pas. Une de ses formes aux teintes chaudes, si joliment chaudes, vint l'effleurer. Si elle avait pu fermer les yeux de ravissement, elle l'aurait fait. Elle eut la sensation d'une profonde inspiration comme avant une immersion dans un bain de couleurs. Elle s'y serait perdue si l'Être l'avait laissée ainsi vagabonder de forme en forme. « Pour reprendre les termes de votre monde, il vous manque la possibilité d'encoder ce que vous détectez maintenant. L'encodage te permettrait de mettre en image, en mouvement, en son et en tant d'autres choses, ce moment si particulier que les anciens Égyptiens avaient compris à leur manière : la pesée de l'âme. Autrement dit la prise de conscience des réalisations et des échecs. Étape qui complète la précédente. Actuellement, vous ne pouvez encoder ce que vous voyez parce que les filtres de votre vie sous la forme de Stacy, vous en empêchent. Mais pour l'étape suivante, ces filtres seront sans effet ».

Elle ressentit une puissante vibration, son être palpitait au rythme imposé par l'Être. Il lui insufflait une onde subtile, mais si soudaine qu'elle le vécut avec violence. Puis elle vit. D'abord, elle fut surprise de voir puisque ce monde n'est pas physique. « La vue dans votre vie physique est une adaptation en fait sommaire de la vue de l'âme, comme l'ouïe, le toucher, bref tous les sens. Et tant d'autres existent ici qui n'ont pas été reproduits sur le corps humain. Maintenant, dites-moi ce que vous voyez ! »

Une perception folle de sensations, de sentiments, d'émotions. Une houle de vie, d'intelligence et de conscience. Une vague magnifique. Ses sens unifiés, elle recevait un vent chaud. Elle en aurait tremblé, mais ici les seuls tremblements sont ceux de la pensée. Il lui paraissait possible d'étreindre cet instant avec une telle autorité que les sensations physiques lui paraissaient délavées presque éteintes. Un mot lui vint à l'esprit : puissance !
Rien ne la séparait de tout, et tout était sans mesure. Elle comprenait les mondes, les vies et leur trajectoire accomplie dans une brume de pensée, et s'étonnait de sa propre

ignorance, une innocence involontaire qui a fait de sa vie un tonnerre d'actions dans un jeu aux règles incomprises. Mais agir en aveugle développe l'instinct puis l'intuition. L'intuition ouvre les portes de la grande conscience. Le monde non physique et le monde physique étaient nés d'une unique matrice. Elle le comprenait. Son propre univers, certes plus dense, se révélait riche de la même énergie, ainsi que de l'expérience humaine qui s'y frotte durement pour se défaire de l'engourdissement naturel de la personnalité. Un jet d'eau glacée sur les plumes de l'ange. Elle comprit ces autres mondes, plus subtils, aussi denses qu'un premier cri, à la dimension d'un rêve sans horizon visible. Stacy dit à l'Être : « Tous ces mondes, ceux de mon univers, mais aussi des autres encore plus lointains en nombre fou, toutes ces vies et ces humanités si différentes, curieuses, invraisemblables parfois à mes yeux, toute cette énergie déployée comme les abstractions colorées d'un peintre à la dimension d'un dieu, un dieu pris dans un délire créatif, comme un enfant qui en voudrait encore et encore. Comme si des milliards d'étoiles et de nuages stellaires, et les distances folles n'étaient pas assez. Une faim d'ogre l'aurait poussé à créer, toujours créer. Une pensée sans fond, sans limites. D'autres étoiles, par brassées, ont germé sans autre raison que d'être là, au cœur de nulle part ou au bout d'ailleurs, sans lisière, sans rien. L'acte d'un dément. Pourquoi, qui ou quoi ? ».

L'Être interrompit l'expérience avec une douceur toute maternelle. Stacy et son vertige, plus de force ni de volonté. Il la fit s'asseoir et lui dit : « Je ne peux répondre à votre question ». Elle lui dit : « Vous ne le voulez pas ? »

– Je n'en suis pas capable, j'ai aussi mes ignorances. Certains d'entre nous se sont si éveillés qu'ils ont approché cette connaissance, mais j'ignore s'ils l'ont atteinte. Je suppose que ce savoir doit être aussi vertigineux que ce que vous venez de découvrir.

– Que vais-je faire de tout ça ?

– Une nouvelle vie, plus subtile, mais plus productive mentalement. D'autres l'ont vécue également, au même moment. Certains se reconnaîtront. Maintenant, je vais rejoindre ma vie ».

Son départ fut immédiat donc violent. Elle ressentit une solitude odieuse.

Une semaine passa avant qu'elle ne puisse reprendre ses activités devenues d'une affolante fadeur. Une semaine de nausée et de silence, une semaine à écrire son expérience pour être certaine de ne rien oublier, pour l'extraire de son quotidien, s'en délivrer, partiellement, et reprendre en douceur le cours de sa vie. Ce faisant, elle comprit sa réaction à la vue des toiles des trois artistes que son ami lui avait fait découvrir. Une part d'elle avait dû savoir qu'elle vivrait ces couleurs, ces formes et ces graphismes, les structures mêmes du monde manifesté. L'émotion avait été si vive qu'elle ne l'avait pas supporté, mais cette expérience lui avait apporté juste ce qu'il faut pour vivre l'exploration du monde profond avec apaisement. Sans cette préparation, comment aurait-elle réagi ? Elle suspecta même l'Être d'avoir insufflé à Ethan l'envie de la visite dans cette galerie. Elle se remémora les tableaux de Julie Mehretu, de Frédéric Benrath et de Pierre Graziani. Tous avaient-ils eu cette même expérience, où était-ce une intuition propre à leur nature ?

Chacun d'eux avait tracé sur leur toile ses mêmes visions sans savoir, probablement, qu'elles étaient réelles. Les artistes sont des mages ignorants de leur essence profonde.

Lorsqu'elle entra dans son bureau, elle retira de sa cache la petite boîte, cette bonbonnière ensorcelante. Le seul lien avec l'Être. Elle l'ouvrit dans l'espoir d'y trouver un autre microprocesseur qui se serait peut-être construit en son absence, mais elle fut déçue et inquiète. Si le boîtier ne fonctionne plus comment va-t-elle en produire d'autres ? Dans une autre cache, neuf autres de ce prodigieux microprocesseur. Elle devra s'en contenter.

La boîte nerveusement tenue dans sa main, elle eut l'idée de retirer le petit support sur lequel, jusqu'à présent, apparaissait chacun des microprocesseurs. Dessous, évidemment, son secret. Elle voulait en comprendre le mécanisme, lire sa trame, décrypter ses arcanes et peut-être le réactiver. Elle le souleva avec une infinie délicatesse. Surtout ne pas perturber des rouages de la chose.

Elle ne voulut pas le croire.

La petite boîte était vide !

## Soudaine xénoglossie

Parmi ses déplacements professionnels, Ethan appréciait particulièrement celui qui le rapprochait des volcans islandais. Il aimait cette terre des premiers temps du monde. De la glace et du feu, des contrastes bien loin de son caractère trop conciliant. Pourtant, il ressentait une véritable capacité à faire fondre le feu et brûler la glace comme il le disait parfois à Stacy, mais la douceur de son tempérament lissait ces reliefs qui ne demandaient qu'à émerger.

Ils se téléphonaient toutes les semaines. Sa compagne auprès de lui lors de ses voyages professionnels, connaissait et comprenait leur profonde amitié qu'ils se sont déclarée sur les bancs de la fac. Au téléphone, les nouvelles transmises étaient simples : la chaleur à Coronado, les éruptions volcaniques en Islande. Le principe était simple, ne pas parler travail. Cependant, à mesure que les appels se suivaient, le ton de Stacy déjà sérieux devenait de plus en plus grave. Un soir, alors qu'elle l'appelait, c'était tôt le matin en Islande, elle lui dit « Les journaux nationaux et locaux parlent de mon processeur. L'information a fuité du bureau des brevets. Ils cherchent à m'identifier. Reviens dès que tu peux, j'ai besoin de toi ! » Ce fut tout. Il pouvait déléguer ce qu'il restait à réaliser, et pourtant, il lui fut impossible de préparer son départ. Un incident très déstabilisant va traverser sa vie.

Un restaurant, un repas, des collègues islandais, le bruit de fond, rien que de très ordinaire.

Ethan fêtait son dernier contrat, la fin des travaux et son retour en Californie. Il venait de concevoir un nouveau réseau informatique mieux adapté aux tremblements de l'île. Des mois de travail pour son équipe locale qu'il superviserait de Coronado, et parfois, c'est à dire le plus souvent possible, sur place. Les vibrations du sol perturbaient davantage le réseau que les vents solaires illuminant le ciel islandais, même si, de temps en temps, ils parvenaient à brouiller le flux numérique lorsque le soleil avait un hoquet un peu plus brutal deux ou trois fois dans l'année ; un faisceau de particules, une onde de feu dirigée vers la terre.

Le matin, tandis qu'il se douchait, il entendit très distinctement une voix l'avertir qu'il allait non pas grandir, mais gagner une carrure de géant après une situation auprès de laquelle le plus puissant des tsunamis paraîtrait d'une pâleur à faire fuir la mort. Il ferma le robinet, demanda qui d'autre que sa compagne pouvait être dans sa chambre. Il lui demanda :

– Amiah, tu viens de me parler ?
– Non, tu étais sous la douche tu ne m'aurais pas entendu, pourquoi ?
– Rien, une impression !

Il haussa les épaules, s'habilla et accompagné de sa compagne alla rejoindre son équipe pour le petit-déjeuner à l'Islandaise.

Ils conversaient en anglais évidemment, car la langue islandaise semble vouloir échapper à tout apprentissage à moins d'en avoir les gènes dans le cœur. Conversation tout islandaise sur la dernière éruption volcanique, ses coulées incandescentes et les redoutables nuages pyroclastiques aussi meurtriers que les radiations d'une géante bleue. Les mots, encore eux, pour dire, clamer parfois, la beauté foudroyante de la lave fuyant les pentes du volcan. Une déchirure sur un sol couvert d'une lave plus ancienne luisante comme la pluie. Ethan, l'homme-passion, les mots à fleur de lèvres, un volcan de phrases impossibles à contenir venait de buter sur un concept simple sur fond de contrariété. Une rareté. Surprise de ses collègues. Un grand silence en lui, autour de lui. Il ignorait que venait à lui comme la faucheuse, le plus sidérant des hiatus, un hoquet linguistique vaste comme un monde. Les mots ne s'entrechoquaient pas, non, ils se transformaient à la manière d'un nuage sombre sous la poussée d'un vent fort. Mais ces mots avaient le puissant parfum du silence, car on devient sourd à une langue que l'on ne comprend pas.

Ses collègues cessèrent de parler, la pause muette, le regard sidéré. Il s'en étonna. Puis ses phrases se firent de nouveau fluides. Il reprit son discours juste là où sa pensée avait bâillé. Un disque qui reprend sa lecture après une erreur de sillon. Mais voilà, ils ne comprirent rien à ce flot de voyelles pourvues de consonnes chatoyantes. Les phrases rythmaient une danse inconnue, élégante, mais aussi obscure qu'un nuage de cendre. Ethan cessa de parler. Ça lui arrivait rarement, mais l'expression terrassée de ses collègues l'inquiéta.

– On ne comprend rien à ce que tu dis, dit Amiah.

Lui, venait d'entendre une langue sans véritable consonne. D'un mouvement de la tête, il lui fit répéter. Mais les sons n'évoquèrent aucun sens.

– Tu me fais marcher, déclara Ethan.

Mais ses amis se mirent à parler, une escadrille de phrases qu'il ne saisissait pas. Un galop de paroles sourdes à ses sens. Une langue incomprise est une forme de silence, car vide de toute information. Un silence bruyant, une architecture de bruits insolites. Ici, le silence n'est pas au-dehors, mais au cœur affolé d'Ethan. Un soupir muet. Puis il se reprit.

– Si vous voulez que je me taise, dites-le-moi, poursuivit-il.

Amiah se leva, tira sa chaise jusqu'à lui, s'assit, posa son index sur les lèvres de son compagnon, et sortit son téléphone de la poche. Elle voulait confirmer ou infirmer la maîtrise de la langue qu'elle venait d'entendre et qu'Ethan ne pouvait connaître.

Elle ouvrit une application, celle qui permet de transcrire sur l'instant la traduction de nombreuses langues

en anglais. Elle choisit l'option de la reconnaissance automatique de la langue, et lui demanda de parler.
– Mais qu'est-ce que tu cherches à faire ?
Puis elle regarda le résultat. Elle ne le croyait pas. Elle le fit parler de nouveau. Il manifesta son agacement dans une langue fluide aux sonorités orientales. Le résultat resta inchangé. Elle plaqua le téléphone contre son cœur comme effacer ce qu'elle venait de constater, puis avant de lui montrer l'écran et ses signes étranges, le téléphone passa de main en main. Consternés, ses amis le lui remirent. Évidemment, elle était hésitante, mais que pouvait-elle faire d'autre ?

Sans attendre, Ethan se saisit de l'appareil, distingua les symboles qui régnaient en maître sur l'écran et les lut parfaitement.
– C'est une plaisanterie, comment peux-tu penser que je puisse parler mandarin ?
Elle prit le téléphone, parla en anglais, paroles immédiatement traduites en mandarin. Il n'avait pas compris les propos de son amie, mais en lut trop bien la traduction dans une langue qu'il n'avait jamais apprise. La peur d'abord, la panique viendrait ensuite, pire que le vide.

En fait, elle était déjà là, foudroyante à souhait.
– Qu'est-ce qui m'arrive ?
La voix étouffée. Ce n'était plus un cri, mais un feulement sourd, profond, une nuit de mots sous une nouvelle langue. Amiah ne paniquait pas encore toute

centrée sur le soutien à apporter à Ethan. Elle présenta le téléphone. Il comprit l'intention et dit : « Tu dois m'aider, ce qui m'arrive est impossible ! »

Des caractères cyrilliques plein l'écran, une forêt de symboles incongrus. Une autre langue. Elle crut comprendre le processus, la contrariété avait produit le mandarin, la panique le russe. Quelles seraient les autres langues, les autres humeurs ? Elle le lui dit, elle le fit traduire. Cette première explication l'apaisa un moment, mais il fit remarquer que ça ne jetait aucune lumière sur les raisons de ce phénomène. Elle n'eut pas à traduire, il avait repris l'anglais. Elle se jeta dans ces bras comme on retrouve un proche après une longue absence. Il comprit les mots de son amie. Il en pleurerait. Puis une poussée de colère contre ce qui venait de lui arriver, une bonne rage sauvage, une éruption aussi puissante que les volcans du pays. Et ce fut en français qu'il l'exprima. C'était sans fin !

Ses amis, très embarrassés, comprenant son besoin de solitude, quittèrent la table. Sa compagne le prit par la main comme elle l'aurait fait pour un enfant apeuré, et l'invita à parcourir, mais en voiture, ce chemin empierré qu'il aimait parcourir. Ils quittèrent la petite ville d'Akureyri, longèrent le fjord sous un vent assez fort, et traversèrent la campagne islandaise à la recherche de ses solitudes. Silence d'Ethan n'osant cracher une nouvelle langue à la face de son amie. Vers 23h, la petite station de ski baignait encore sous un jour blanc. La nuit lui offrira la fraîcheur des étoiles. Il referma délicatement la porte de la voiture, préservant ainsi l'immobilité de l'air. Il se tint droit, face au fjord qu'il dominait, se surprit à respirer lentement, très lentement. Des volutes chaudes, là, juste au creux du ventre, comme une secrète incantation. Il se retourna, et en pensée visita la montagne au sommet enneigé, savourant la lenteur de la pente, cette patience que la nature a le pouvoir de peindre ainsi, dans un pays encombré de glace et de feu. Le silence des mots, des phrases, des langues s'imposait enfin. Encore un moment, quelques fractions d'instants avant de rompre cette complicité. Puis il se tourna vers son amie restée en retrait, un peu, juste ce qu'il faut pour être là tout en étant absente.

– Je suis en paix ici, je l'ai toujours été. Je me sens plus léger maintenant. Je m'inquiète moins de la langue qui s'imposera. La nature est plus forte que mes peurs. Écoute l'air caresser la montagne. Ici, le temps glisse sur ses pentes en nappe sourde.

Il le dit en anglais !

Ethan s'endormit après quelques heures d'inquiétude : « Et si demain ça recommençait ? ». Son amie s'installa devant l'ordinateur et recherca des cas similaires. Elle en trouva. Cette particularité avait même un nom : la xénoglossie, celle-là même qui permit aux apôtres de transmettre le message christique dans d'autres langues que la leur. Mais ils avaient été sous influence. Des cas plus contemporains ont été constatés. Émergence d'une nouvelle langue après une opération au cerveau, un violent choc à la tête, ou simplement au réveil. Mais l'explication scientifique l'a déroutée, car elle n'offrait du coup aucune solution. Ce serait une erreur commise par le cerveau. « Avec une telle hypothèse je ne vais pas allez bien loin ». Réponse plus fine de la science : il s'agirait du souvenir lointain d'une langue apprise ou entendue puis oubliée. « Mais dans ce cas impossible d'avoir une conversation complète ». Elle apprit également qu'il existait une xénoglossie récitative qui viendrait d'une langue entendue et simplement restituée, et une xénoglossie responsive qui permet le dialogue. Ethan n'était pas seul à vivre les caprices des langues fantômes. Elle poursuivit ses recherches en quête de cas impliquant une langue par émotion vécue, avec la capacité de l'écrire. Rien. Ethan était unique.

Le lendemain, il se réveilla inquiet, n'osant prononcer une phrase. Seul, il était incapable d'évaluer sa langue parlée. Il était hors de question de prononcer un mot, un seul mot étranger à son insu, ainsi le silence était son secours.

Elle le vit s'asseoir, le regard flou. Il lui dit un simple bonjour, un bonjour test qui ouvrirait les portes de la peur ou du soulagement. Elle fut rassurée de l'entendre prononcer les bons mots, ceux de son monde, ceux qui donnent la mesure de sa vie. Bourrasque de la nuit dans les cheveux sombres, elle y remit de l'ordre en les peignant de ses doigts comme on remettrait en place des pensées égarées. Puis elle lui fit part de ses recherches, tout en anglais bien entendu.

– Il y en aurait eu d'autres, répondit-il, mais je n'ai subi aucune opération, ni même un coup sur la tête. Je veux comprendre comment et pourquoi ça m'arrive.

Une autre langue, nouvelle celle-là. Elle tressaillit, pas trop, juste ce qu'il faut pour lui faire comprendre qu'il vagabondait de nouveau sur un autre continent linguistique. Elle se saisit du téléphone et activa le traducteur. C'était de l'hébreu. Elle en aurait souri. Elle était certes intriguée, mais surtout très intéressée, sa formation de linguiste prenait le dessus.

Il dit son inquiétude, mais il le dit en allemand : « ma vie va devenir impossible, et mon travail ? En quelques minutes, je suis capable de passer d'une langue à l'autre. Un sentiment, une langue. Mais en une journée on change en permanence. Seul le silence m'apaise, je ne vais pas me taire toute ma vie ? »

Pensée désordonnée, elle était peut-être là la solution, supposa-t-elle. En se concentrant, il pourrait ne parler qu'une langue, à moins que sa xénoglossie disparaisse spontanément. Mais est-il seulement possible d'être d'une humeur constante ? Elle avait lu Marc Aurel le stoïcien, et son concept d'équanimité. Elle ignorait si des sages étaient parvenus à cet état. Et l'impétueux Ethan était tout sauf sage même s'il paraissait toujours très calme. Il lui faudrait mille vies pour y parvenir.

La méditation. Elle le lui proposa. Sans autre solution, il accepta ce qui, en d'autres temps, il aurait refusé. Il apprit le silence des mots et des pensées, à la station de ski, là où les lenteurs du temps favorisaient le peu de pondération dont il était capable. Début difficile et explosion de colère qui lui valut de l'exprimer, une nouvelle fois, en français. Son corps ne tenait pas en place cherchant à fuir l'immobilité imposée. Mais au fil des jours, il parvint à se discipliner. Un peu. Ses tempêtes intérieures se firent plus douces, la houle moins creuse et le silence plus profond. Après une semaine, ses progrès avaient surpris son amie. L'urgence soutient la motivation. Il peut reprendre son travail : la xénoglossie disparut. L'anglais avait repris son territoire. Il n'aura plus à s'imposer le silence. Enfin, c'est ce qu'il a cru.

Mentalement épuisé, il décida de leur retour tout en demanda à Amiah de téléphoner à Stacy pour la prévenir. Elle ne put lui expliquer la raison pour laquelle ce ne fut pas Ethan au téléphone. Lui craignait qu'entendre son amie produirait une émotion assez forte pour faire resurgir une autre langue, peut-être même une langue oubliée de tous qui l'isolerait à jamais. Son inquiétude était présente, maîtrisée certes, mais bien là.

Hormis quelques turbulences, le vol s'était déroulé dans la plus grande quiétude, un vol aussi soyeux que sa pensée. Mais à l'atterrissage à San Diego un incident en fait très ordinaire dans un aéroport, allait lui révéler une nouvelle aptitude. Un fait simple, le voici : il ne trouvait pas son bagage. Rien que de très banal. Mais parfois, une situation d'une affligeante innocence peut bouleverser toute une vie. Il fit un signe au responsable de la salle, un homme imposant qui s'approcha de lui. Ethan lui demanda où pouvait être sa valise qu'il ne trouvait pas sur le tapis roulant. L'homme ne comprit pas, et lui demanda s'il savait parler anglais.

– Évidemment, je suis Américain.
– Recentre-toi, lui demanda Amiah.

Ethan garda un peu de son calme. Il avait espéré s'être définitivement débarrassé de sa xénoglossie, mais une rééducation lisse souvent sans jamais gommer tout à fait.

Le destin sait manifester de savoureux tours de passe-passe. Et là, s'en était un magnifique. Ethan n'en avait pas fini, car près de lui, un Japonais qui l'avait compris l'interpella en affirmant qu'il attendait également son bagage. Plus loin un Hollandais fit la même remarque. D'autres passagers de nationalité différente lui dirent qu'ils s'impatientaient. Et il les comprit tous !

Son amie en tremblait. Elle, la linguiste, comprit qu'Ethan venait de se réapproprier la langue d'avant Babel.

## Menace

New York, c'est la profondeur des perspectives, le vertige en moins, et les bruissements stridents de ses artères. À bien écouter, sans y trouver une harmonie qui s'y serait égarée, il est possible de déceler comme une fréquence particulière, une onde discrète sorte de porteuse sans message. Mais l'onde est bien là, et Lilith, malgré ses 10 ans, y est sensible. Mieux, rien que pour elle peut-être, cela produit un flot de couleurs presque chaud apportant ses rondes et ses boucles à un univers hérissé de lignes droites et d'angles à déchiqueter les nuages. Sa capacité à déceler du sens dans ce qui pourrait n'être qu'un mouvement chaotique est une de ses particularités. Un talent singulier à lire le monde à travers la brume. Et pour chacun d'entre nous, la brume est bien dense au point de ne laisser apparaître que quelques reliefs, quelques ombres, les plus probantes certainement aux yeux endormis, qui nous fait prendre une simple molécule pour la totalité de l'univers.

Nous avons les pièces éparpillées, elle a le puzzle.

Elle aime s'attendrir sur le chant d'une cité, qui la ramène un peu à sa propre nature. Un mantra inattendu qui la porte loin de tous. Et depuis que New York est récemment redevenue, la nouvelle capitale des États-Unis, l'onde de choc de sa nouvelle fonction a rendu la ville plus hystérique, et plus séduisante pour Lilith qui capte de nouvelles harmoniques. « Rien n'est laid, avait-elle déclaré à ses parents, tout est en devenir ».

Son père s'était inquiété de l'abandon de Washington, une ville sans État, sans députés, sans représentants. Symbole de l'unité retrouvée après la guerre de Sécession, mais qui a perdu sa légitimité après que deux États aient repris leur indépendance : la Louisiane et la Californie. L'un ancienne colonie française, et l'autre qui ne s'est jamais considérée américaine, mais bien californienne.

« La Louisiane revient sur son lointain passé, et la Californie se tourne vers de nouveaux horizons. L'un sur l'Atlantique l'autre sur le Pacifique. Un pays n'est qu'un seul corps, ces deux États aux extrémités de ce continent créent ainsi un apparent écartèlement, en fait un nouvel équilibre que les populations vont devoir s'approprier. Ce qui paraît séparé n'est qu'un nouveau mouvement, un nouvel élan vers une étape plus fructueuse. La séparation n'est qu'apparente, ils vont devoir apprendre à regarder davantage en profondeur. S'ils ne le font pas, ce sera effectivement désastreux. Et c'est justement cette menace qui forcera les peuples à plus d'apaisement. C'est le but que propose la vie. Sous le chaos apparent, un ordre implicite. L'I.A. psychique les y aidera » venait d'affirmer Lilith. Le père avait renoncé depuis quelques années à contredire sa fille si jeune, intuitive, déconcertante d'intelligence. Il se contenta d'une grande respiration, comme pour happer un

peu plus de compréhension sur la nature même de son enfant.
— Tu m'offres une glace, lui demanda-t-elle tout à coup. J'ai envie d'une glace.

Les services sociaux américains sont d'une sévérité excessive, oubliant l'enfant derrière la conception qu'ils ont de son bien-être. Aussi, lorsqu'ils apprirent qu'une enfant de 10 ans n'allait pas à l'école, ils se sont présentés aux parents, puis à l'enfant. Aux États-Unis, l'école à la maison est pourtant très populaire, non pour l'enfant lui-même, mais par une méfiance quasi atavique des Américains vis-à-vis de leur gouvernement, ou pour des raisons religieuses. Les parents de Lilith n'entraient pas dans ce cadre, mais les stupéfiantes capacités de leur fille lui permettaient de s'affranchir de toute scolarité. Comment expliquer un tel phénomène sans intriguer les services sociaux, et faire de leur enfant un objet de recherche ? La mère était absente à ce rendez-vous, elle n'avait pu se libérer une journée de son poste de directrice des ressources humaines à Improcom Global Telecommunications. Le père a donc accueilli, seul, l'homme accompagné de la jeune assistante sociale, tandis que Lilith, assise sur sa chaise, voyageait du regard tout autour de cette femme. Puis, quand elle comprit sa nature profonde, elle ferma les yeux pour mieux entendre cette voix, encore une onde colorée, qui énonce davantage, vraiment davantage, que les mots prononcés.

L'homme resta près du père comme pour prévenir toute rébellion. La jeune femme, soucieuse du bien-être des enfants avec une sincérité désarmante, parce qu'irréfléchie, s'approcha de Lilith qui lui imposa de respecter une certaine distance d'un simple geste de la main.

– Je n'ai pas besoin que vous soyez plus proche, déclara-t-elle à l'assistante sociale.

Ne voulant pas froisser l'enfant, elle fit un pas en arrière et s'assit sur la chaise proposée par le père.

– Comment vas-tu ? lui demanda-t-elle.

Une formule que Lilith prit pour une simple convention, tant sa voix manquait alors de présence.

Le père intervint et tenta d'expliquer sa pédagogie, et les matières enseignées, sans grande conviction. Il ne supportait pas de mentir, mais il fallait bien ça pour écarter de leur vie la curiosité de l'administration. L'assistante sociale se désintéressa des réponses, elle les connaissait parfaitement, tous les parents donnant les mêmes informations qui font d'eux des parents aimants, quasi parfaits. Non, elle voulait connaître les impressions de cette fillette qui ne cessait de la fixer.

– Et toi, ça ne te manque pas d'avoir des amis comme tous les enfants de ton âge qui sont à l'école ?

Lilith comprit qu'il n'était pas question de manifester ses capacités et ses talents. Elle ressentit le poids du regard de son père, et comprit qu'elle risquait d'aller trop loin à vouloir remettre à sa place cette femme autoritaire. En fait, elle ne souhaitait pas se cacher, enfin pas totalement.

— Les enfants de mon âge, comme vous dites, m'ennuient profondément. Ils comprennent ce que leur cerveau immature leur permet d'intégrer. On leur parle comme à des enfants, ce qui est normal, mais que penseriez-vous si je vous parlais de cette manière ?

Évidemment, l'assistante sociale marqua une pause, cette réponse sortait-elle vraiment de la bouche d'une enfant ? Elle observa Lilith, sa posture, son sourire presque moqueur et surtout ce regard à peine soutenable. Elle se sentit dominée, en présence dominée. Elle détourna la tête et demanda au père :

— Vous lui avez fait passer des tests ?

— C'est inutile, son intelligence est manifeste, c'est pourquoi elle est scolarisée à la maison. L'école ne pouvait pas lui convenir.

— Je comprends, mais là, je ressens une tout autre dimension. Je connais bien ces enfants très doués, j'en rencontre parfois, mais pas avec cette maturité et une impertinence d'adulte.

— Ou une trop grande pertinence, ajouta Lilith.

La femme n'insista pas, se leva, salua, quitta la maison, et fit un signalement.

## Débordement

Habituellement, Ethan rencontrait seul Stacy. Une convention admise par sa compagne. Leur complicité n'acceptait aucune autre présence. Stacy avait son caractère, son tempérament, ses lubies, ses peurs bref tous ces empêchements qui en font une personnalité singulière. Mais Ethan se savait encore fragile, une langue inconnue pouvait surgir et embarrasser Stacy qu'il venait d'avoir au téléphone dont il ne reconnut pas la voix tant elle exprimait le stress, la peur, le désarroi. Il avait besoin de la présence de sa femme. Accompagné d'Amiah, il est allé la rejoindre. Une courte marche entre les deux adresses, le temps pour Ethan de laisser sa langue natale dominer toutes les autres, un peu comme ces hommes ou ces femmes aux personnalités multiples. Il existe toujours une personnalité dominante, la toute première avant l'émergence des autres au fil des brûlures de l'existence.

Quand ils virent au loin la nuée de journalistes devant la maison de leur amie, Ethan se mit à courir et à hurler dans une langue parfaitement inconnue, de dégager de là. Ils ont été si surpris par ces notes gutturales aussi profondes qu'un chant tibétain, qu'ils se sont tous tournés vers lui, micro en main, caméra à l'épaule. Il s'avança encore et leur parla dans la même langue. Tous enregistraient. Amiah qui l'avait suivi avec peine parvint à le calmer. Mais il insista et leur ordonna de quitter les lieux, et là, dans un anglais parfait.

Stacy l'avait entendu hurler. Elle ouvrit la porte, les invita à entrer rapidement tandis que les journalistes encore à leur surprise se sont contentés d'attendre leur sortie.

Sans un bonjour, comme à son habitude, elle demanda :
– C'était quoi cette langue ?

Trop long à expliquer, il y avait plus urgent.

– Amiah doit rester avec moi, j'ai besoin d'elle en ce moment, a-t-il dit en réponse au regard interrogateur de Stacy. Puis il ajouta : « C'est quoi ces journalistes ? »

Elle ne répondit pas. Stacy, au bord des larmes, les invita dans le salon. Chacun s'installa, et chacun se tut dans l'attente que l'autre prenne la parole. Mais rien ne vint. Stacy se leva, alla dans la cuisine, prépara du thé et du café, revint, déposa le plateau sur la table basse, s'assit et pleura. Elle pleura, presque en silence, des larmes tout en pudeur. Les profondes détresses sont souvent silencieuses. Puis elle entendit une phrase, là, juste au cœur de sa tristesse. « Elles sont belles ces larmes. Vous n'avez pas assez pleuré. Tant d'années à te battre et si peu de place pour les tremblements de l'âme. Pleurez, Stacy, pleurez et parlez de tout ce que vous avez vécu ces deux derniers mois ».

– Ce n'est pas le moment d'être dans ma tête, cria-t-elle.

Ethan et Amiah sursautèrent, se regardèrent, mais n'osèrent rien dire.

– Je suis désolé, déclara-t-elle, je suis à bout de force. Ils sont là depuis une dizaine de jours, depuis que la presse nationale a parlé de mon microprocesseur. Je n'ose plus sortir. Je ne sais pas quoi faire pour avoir la paix. J'ai failli détruire toutes les petites sphères. Mais « on » m'en a empêché.

– Qui « on » ? demanda Amiah.

Stacy se tourna vers elle, l'œil mauvais comme si elle disait « Mais de quoi te mêles-tu ? ». Mais elle se reprit aussitôt.

– Je suis vraiment désolé, lui dit-elle, l'épuisement, seulement l'épuisement.

Ethan comprit que son amie n'était pas en état de parler, aussi, pour faire diversion il lui raconta son super hiatus linguistique en Islande, des laves de mots étranges sortis de sa gorge. Stacy écouta totalement ébahie, sans jamais l'interrompre. Elle voulait tout savoir pour être certaine de ne pas se tromper.

– C'est encore une des espiègleries de l'Être, déclara-t-elle en souriant presque.

– Tu peux être plus précise ? De qui parles-tu ? Et puis comment quelqu'un peut-il m'imposer de savoir parler toutes les langues ?

Ses premiers mots étaient en islandais, puis vint les autres en anglais.

– C'est surprenant ! reconnut Stacy.

Elle raconta à son tour sa rencontre avec Lilith, la petite Lilith, puis les approches de l'Être aussi capricieuses qu'une comédie italienne. S'il n'avait eu cette expérience en Islande, il ne l'aurait évidemment pas crue. Mais la nature singulière des rendez-vous - une volée de visages pour un unique regard - le laissa perplexe, mais pas totalement désorienté.

– J'ai bien plusieurs langues pourquoi cet Être n'aurait-il pas plusieurs visages ? dit-il.

– Mais ce ne sont pas les siens ! Tu m'as vraiment bien écouté ? Elle emprunte les corps. Pour moi, c'est comme un viol, même s'il affirme qu'ils donnent leur accord. Mais comment dire oui en pleine conscience à un contexte que tu ne connais pas ? fit remarquer Stacy.

– Et pourtant ce que tu as vu et expérimenté avec lui t'a profondément marquée. Manifestement, il a un pouvoir extraordinaire, et tu l'as décrit toi-même comme une sorte de prophète. S'il te dit qu'il a l'accord de ces personnes, tu dois pouvoir le croire, non ?

Stacy réfléchit un moment, surprise que son ami ait pu ainsi accepter le naufrage de sa rationalité. Tout à coup, elle se tourna vers lui et lui demanda :

– Tu peux me parler dans une langue improbable.

Il s'en amusa et accepta volontiers.

– Sawubona mngani wami ozingabazayo. C'est du zoulou.

– Ce qui veut dire ?

– Bonjour mon amie qui doute d'elle-même !

– Et tu connais toutes les langues ?

– Même celles qui ont disparu comme la langue de l'île de Pâques. J'ai passé beaucoup de temps à en tester un grand nombre, tout en sachant d'où elles provenaient. J'ai remonté le temps, et compris les langues des différentes régions du monde des premiers hommes. Elles sont d'une étonnante complexité, donc très structurées.

Intriguée, elle demanda d'en parler une.

– tlhom chum vIHO'.

– Traduction ?

– J'aime les couchés de soleil ! Le dernier mot se prononce avec force pour évoquer la puissance du soleil. Les pluriels se font en répétant deux fois le même mot. Mais j'évoque ici la langue parlée dans le nord de l'Espagne il y a près de 30 000 ans près de la grotte El Sidron dans les Asturies.

– Parce que tu peux aussi situer précisément où la langue était parlée ?

– Ben oui.

– Pire, ajouta Amiah, il est devenu meilleur linguiste que moi sans avoir fait aucune étude. Il est à lui seul une véritable Pierre de Rosette. Il fait mieux que connaître la langue, il en comprend toutes les structures. Il pourrait aider tous les chercheurs qui peinent à décrypter une langue ancienne. C'est délirant. Mais il y a pire ! Explique-lui Ethan !

Il hésita, haussa les épaules comme à son habitude, baissa la tête comme un début de refus.

– Elle va me prendre pour un illuminé !

– Je t'écoute !

– D'accord, mais tu ne dois pas me juger. Il suffit que je pense à un pays pour entendre sa langue, une région pour son accent, une région encore plus petite pour son dialecte. Un jour, je me suis dit, et si j'allais plus loin !

Il s'arrêta, mesura son effet, évalua l'impatience de Stacy et reprit.

– Je ne savais pas trop vers où aller, alors je me suis concentré, il y eut un grand silence en moi, puis j'ai entendu au loin comme un chant, un murmure incompréhensible dans un premier temps, j'en ai même été surpris. Une langue me serait inconnue ? Avec simplement l'intention de me « rapprocher » j'ai clairement entendu de toutes nouvelles phrases, d'une construction très singulière, et je me suis mis à comprendre et à parler la langue d'un monde à des années-lumière de nous, et d'autres, encore plus lointaines. Un vrai vertige !

Stacy en resta muette.

– Tu comprends l'importance de ce qu'il vient de dire, précisa Amiah.

Les yeux mi-clos, Stacy resta en silence, elle venait d'entendre cette petite voix si agaçante lui dire : « Eh oui, que croyiez-vous ? »

Elle bondit du canapé et hurla à l'Être :

– Vous pourriez respecter mon intimité !

Ethan et Amiah se levèrent, ils ne le voulurent pas, mais ils étaient debout à quelques pas de leur amie.

« C'est vous qui avez souhaité de l'aide », entendit-elle.

– Jamais de la vie ! répondit-elle à l'Être.

« Questionnez votre cœur, l'appel vient de lui donc de vous ».

– Je ne vais pas y arriver, se dit-elle, c'en est trop.
Elle se tourna vers ses amis.
– Je suis épuisé. Mais avant de partir, je dois vous dire que le gouvernement est venu me prendre tous mes ordinateurs, au titre de la sécurité nationale. Mais à ce titre on peut tout interdire. Je me suis presque battue contre un des agents qui voulait m'empêcher d'intervenir. Heureusement, ils n'ont pas trouvé les autres sphères, il m'en reste neuf. Je vous en parlerais plus tard. Là, il faut vraiment me laisser.

## Affolement numérique

Elle est membre de l'association américaine pour l'avancement des sciences, New York avenue à Washington. Meredith Gates possède une intelligence très différente de ses paires. Très jeune, elle avait su maîtriser les sciences dures comme on chevaucherait un cheval sauvage. Elle avait su arrondir les angles pointus des équations en y ajoutant ce petit rien curieux, cette forme de poésie qui réchauffe le froid d'une pensée anguleuse. Bref, ceux qui en étaient dépourvus nommaient cette étonnante habilité intellectuelle : génie.

Cependant, elle n'avait pas de grandes compétences en informatique, elle a donc fait appel à un informaticien particulièrement astucieux, Philippe Paterson. Elle était incapable de lire et traduire les lignes de commande, encore moins celles de l'ordinateur de Stacy Collins récupéré récemment par les services de la DARPA, le centre de recherche avancée pour la défense. L'agence gouvernementale le lui avait confié pensant qu'elle serait capable d'en comprendre le fonctionnement physique.

Ses talents lui permettaient, en effet, d'explorer l'intimité de la matière et ces énergies qui la traversent. La physique des profondeurs. Elle s'était toujours sentie accompagnée dans ses recherches. À chaque étape importante, une voix intérieure lui soufflait discrètement un résultat, et ce dernier était toujours juste. « J'aime me parler à moi-même et m'entendre répondre à une question avant même qu'elle ne soit formulée », avait-elle dit, un jour, à son mentor, le physicien anglais William Shakes. L'instant de la réponse, juste à cet instant-là, elle ressentait une onde folle de bien-être, d'apaisement, elle dont le caractère impétueux l'avait souvent mise dans des situations blessantes tant pour les autres que pour elle-même. Parfois, elle s'inventait des questions rien que pour provoquer ce bien-être, sans rien obtenir en retour. Elle s'en désolait et comprit que seule l'authenticité produisait cet échange avec ce qu'elle estimait être la part la plus profonde de sa conscience. Elle supposait donc être l'auteur du dialogue intérieur lorsqu'il lui fallait résoudre une équation essentielle. Elle supposait, en effet !

L'Anglaise Meredith et son accent hautain que ne supportent par les Américains, a manifesté son talent dès la fac. Tandis qu'elle attendait que l'informaticien comprenne le fonctionnement de l'ordinateur de Stacy Collins, elle couvrait sa naturelle impatience de ses souvenirs.

Étudiante, elle avait été traversée d'une colère explosive qui faillit lui faire quitter l'amphi lorsque son professeur de physique William Shakes avait interpellé ses doctorants sur un ton qu'elle avait jugé méprisant. Elle ignorait que derrière ce ton et sa propre réaction, tout un monde subtil intervenait. Elle l'entendait encore demander à ses élèves :

– Qu'est-ce qu'un concept mathématique ? Après un court silence, il reçut une cascade de réponses aussi convenues qu'un discours politique. Elle avait écouté en silence ces réponses maladroites. Quant au professeur, dépité, il se ferma à ce bruit de fond aussi bruyant que l'effondrement d'une pensée.

– Stop ! cria-t-il. Stop ! Je n'en peux plus de vous entendre débiter ces évidences. Allez plus loin, allez plus profond ! Je répète ma question : qu'est-ce qu'un concept mathématique ?

Aucun étudiant n'osa prendre la parole. Le professeur perdit patience.

– Auriez-vous peur d'émettre une idée neuve ou êtes-vous effrayés de n'en découvrir aucune ?

Il attendait. Sans aucun espoir, certes, mais il attendait. Elle s'était dit que peut-être que l'un d'eux dans un moment de vertige, d'inspiration accidentelle, bredouillera-t-il une amorce de proposition. Elle avait la réponse croyait-elle, mais elle ne voulait pas la lui offrir. Le silence devint gênant.

Il désigna un jeune homme, puis une jeune femme, puis un autre et une autre, puis toute la salle ou presque. Puis il murmura, les lèvres à embrasser le micro :

– Vous avez appris à raisonner, mais pas à réfléchir. Je vais vous donner non pas la réponse, mais une réponse à ma question. Il lui manquera une valeur inconnue, plus tard je vous apprendrai à l'exhumer du brouhaha qui encombre votre réflexion.

– Un concept mathématique est... une conviction et une promesse. Débrouillez-vous avec ça ! Si l'un de vous trouve la suite, la troisième proposition, il aura mon soutien absolu pour son doctorat.

Il prit ses affaires et quitta l'amphi sans un regard pour ses étudiants, certain de devoir les extirper de leur torpeur.

Le lendemain, Meredith Gates avait décidé de provoquer son professeur en l'attendant devant sa maison londonienne. Elle savait qu'il n'aimerait pas ça. Elle attend depuis plus d'une heure qu'il sorte de chez lui. Il sort. Il fit un pas en arrière en l'apercevant marcher sur le trottoir d'en face. Puis il l'aborda.

– Une explication ? lui demanda-t-il.

– Ce sera à vous de m'en donner une, répondit-elle la parole en colère. Vous nous avez jugés, presque injuriés. C'est inadmissible !

– Et vous venez jusqu'ici pour me le dire ? En fait, venant de vous, je ne suis pas surpris. Vous ne parvenez pas à vous maîtriser. La moindre contrariété vous brûle le sang. Oui, j'ai été dure. Et ce n'est même pas pour vous réveiller, mais je ne supporte plus l'inertie intellectuelle.

Cette réponse ne l'intéressait pas, elle n'était pas là pour entendre une évidence, mais pour apporter une réponse qu'elle ne parvenait plus à contenir, comme une force venue du fond des âges.

– Je sais ! affirma-t-elle et se tut.

William Shakes se contenta de sourire, mais ne proposa aucune question, un acte simple pour garder la main.

– Vous ne me demandez pas ce que je sais ?

– C'est inutile puisque vous brûlez d'envie de me le dire.

Enfant capricieuse, elle frappa le sol du pied, fit mine de partir puis revint vibrante de rage.

– La troisième proposition, c'est la pensée créatrice !

Il faillit la prendre dans ses bras. Cette jeune femme chassait sa solitude. Il vit en elle un compagnon d'armes : partage d'instants fous et flous. Une vie en ombre chinoise tant elle diffère. Une vie de doute et de sentiment d'imposture - on lui a si souvent répété qu'il n'était pas plus intelligent que les autres. Une vie à tenter d'expliquer sa pensée. Il voit ce que d'autres ne savent ou ne peuvent approcher. Il détecte les réponses à des questions muettes. Il pense à des solutions avant le terme de l'exposé du problème. Les chiffres ont une forme, les équations des couleurs. Il est un peintre doté d'une palette insolite. Et ses toiles sur fond de tableau noir révèlent des solutions élégantes, des graphismes surréalistes. Mais sa pensée va encore au-delà du nombre et de leur courbe nonchalante. Le nombre n'est qu'un symbole, une convention. Il permet certes l'exploration, mais en limite l'ampleur. Lui devine la part inconnue du monde, le Ensoph des kabbalistes. Et les équations ne suffisent plus, car elles n'abordent que ce qui est "équationnable". L'intelligence seule ne suffit plus. Il souhaite mêler ses forces vives à d'autres, dotés de ce profil un peu fou.

Ils se rencontrèrent souvent. Elle avait accepté d'être apprivoisée, enfin un peu, pas trop.

Un jour, des chercheurs devinrent trouveurs en découvrant le boson de Higgs. Le "bonbon" céleste aux saveurs insolites a nécessité des années à faire tourbillonner les structures de la matière à travers le grand collisionneur de hadrons au CERN, de plus de 26 km de circonférence. L'équation l'avait prédit, l'homme l'a fait. Cette particule singulière, au doux nom de particule de dieu, prouve la présence du champ de Higgs, soit la force de frottement présente dans le vide de l'espace - pas si vide en fait - ralentissant les particules élémentaires ce qui leur donne une masse. Masse qu'elles ne possèdent pas à l'origine. Ça ne changera certes rien à notre quotidien, mais permet un début de compréhension des structures de l'univers, et impliquera tant d'autres interrogations.

– En fait, c'est insatisfaisant, déclara William Shakes à Meredith.
– C'est vrai, car il faut encore valider cette découverte. Il est même envisagé de découvrir d'autres bosons de Higgs.
– Non, ce n'est pas ce que j'ai voulu dire, ajouta-t-il. Les physiciens auraient pu proposer une autre équation pour faire naître une autre particule qu'il l'aurait de toute manière trouvée. Et une autre encore, plus indécente qu'elle serait apparue dans le collisionneur. Elles sont en effet le produit de quelque chose dont les physiciens n'ont aucune conscience.

Des semaines plus tard, ils ont découvert d'autres bosons de Higgs. William Shakes n'était toujours pas satisfait. Il sait qu'il ne pourra jamais faire part de sa découverte, celle de la conscience collective. Non pas celle de Jung, sorte de réceptacle de l'ensemble des pensées de l'homme, ce qui est déjà une idée brillante en soi. En fait, il lui préfère une autre notion, l'intelligence collective. Elle est une action sur le monde. Il n'y a pas d'équation pour décrire cela de manière objective, le seul langage que comprennent les physiciens. Il lui faudrait leur parler en langue simplement humaine dépouillée de chiffres et de symboles, mais ce serait comme présenter des couleurs à des yeux qui ne détectent que le gris. L'intelligence collective ne se démontre pas, elle s'expérimente sur une approche très personnelle.

– Expliquez-moi l'intelligence collective, demanda Meredith
– Je suppose que vous y réfléchissez depuis plusieurs semaines, auriez-vous une première approche de ce que ça pourrait être ?
– Je comprends l'idée de l'intelligence collective, mais je ne comprends pas comment elle pourrait agir sur les résultats d'une expérience, car c'est bien de cela qu'il s'agit ?
– Simplement parce que l'intelligence est une action. Pour faire simple, la conscience collective est le réceptacle de toutes les pensées, les expériences du vivant, je dis bien du vivant et pas seulement de l'humain. Tandis que l'intelligence collective en serait le corps capable d'agir.
– Vous voulez dire que si je pense à un fait, il va se produire ?

– Ce n'est pas aussi direct que cela. Toute d'abord, une pensée fonctionne en amont du niveau quantique. Une pensée précise, comme une onde, va stimuler les différents contenus de l'intelligence collective, comme le fait le Boson de Higgs sur les particules naissantes. Le résultat sera d'autant plus probant et plus rapide si une même pensée, ailleurs et à un autre moment, a auparavant stimulé cette zone particulière de l'intelligence collective. C'est d'ailleurs pourquoi lorsqu'une expérience n'a jamais été tentée, le résultat est particulièrement long à obtenir. Mais après plusieurs essais positifs, d'autres expérimentateurs, effectuant le même test avec la même procédure, ont la surprise de découvrir un résultat quasi immédiat.

Quelques jours plus tard, elle revit son professeur. Elle lui dit :

– I have a dream, lui dit-elle. Un rêve surprenant à propos de l'intelligence collective et de son action sur le réel. En fait, dans ce rêve, un être me parle et me suggère ce que je vais maintenant vous dire. C'était une présence d'une grande puissance. Je n'ai jamais ressenti un rêve aussi tangible et palpable que le réel. Il me dit que les pensées sont effectivement une action et déterminent largement les événements même les plus ténus.

Il me dit que ce principe est aussi présent que peut l'être la loi de la pesanteur ou de gravitation dont on ne se préoccupe jamais au quotidien. On vit avec. Pour lui, l'intelligence collective est aussi présente, mais nous ignorons l'impact que ça peut avoir dans notre vie, au quotidien.

Elle se tait, cherche ses mots, rappelle les sensations de son rêve comme pour mieux le lire. Elle murmure quelques phrases comme pour réveiller les paroles mortes du passé. Elle dit :

– Les particules décrites par une équation dont on dit qu'elles sont une prévision, sont effectivement une création. Mon personnage me l'a dit également. La particule n'existe que dans l'imaginaire de celui qui la dépeint mathématiquement. Mais cet imaginaire est un véritable pouvoir créateur. La particule devient existante. Aussi, le principe même de la particule, tel que la science la perçoit, serait à remettre en cause. Elle est une convention au même titre que d'affirmer que l'électron est une petite sphère tournant autour d'un neutron. La sphère n'existe pas. Mais cette formulation permet une représentation simple et magnifique du principe qui organise la matière. C'est faire œuvre pédagogique. En fait, la matière ne fonctionnerait pas à base de particules, mais de force et de fréquence et de leur densification.

Elle se souvenait, là, maintenant de ces longues conversations avec son professeur. Pourquoi maintenant alors qu'elle attendait le réveil de l'ordinateur récupéré chez Stacy Collins ? « Ce souvenir-là a un sens », crut-elle penser. La voix intérieure fut si présente qu'elle quitta l'écran qu'elle fixait depuis plusieurs minutes, et se dit « Ah oui ! Et lequel ? »

Sans plus de patience pour la réponse, elle revint à l'écran sur lequel défilaient des pages et des pages de chiffres, de lettres et même quelques graphiques qui, pour le peu qu'elle connaissait de la programmation, n'auraient pas dû être là. Elle interpella le responsable du laboratoire Philippe Paterson, le maître des algorithmes, dompteur de ces interminables lignes chiffrées. Comment pouvait-il s'y retrouver dans ce brouillard de nombres ? Mais il semblait y parvenir.

– Il faut vraiment que vous ayez un sens de l'orientation hors du commun pour vous repérer sur cet écran.

Le grand homme sourit à cette remarque, se pencha pour une meilleure lecture, exprima une discrète surprise, un simple plissement du regard comme pour rendre la vision plus nette, se pencha encore, appuya sur une touche et vit sur l'écran un embrasement de chiffres et de lettres aussi violent qu'un feu de forêt.

– Qu'avez-vous fait ?

– Je n'en ai aucune idée. J'ai cliqué sur une série de chiffres qui me paraissait anormale. Simplement ça !

Il allait intervenir sur ce tsunami de nombres, de lettres, et même de graphismes, « Qu'est-ce qu'un graphisme fait dans un programme, ça n'a aucun sens ? » pensa-t-il, lorsque Meredith lui donna l'ordre de ne rien faire. Une intuition. Surtout ne rien faire, attendre et observer sur un autre écran les nouvelles énergies mises en place par le processeur sphérique.

– Regardez, il y a un changement important, mais je suis incapable de l'interpréter.

L'informaticien observait, incrédule, le flot de nouvelles instructions. Les chiffres, les lettres et les graphismes venaient de disparaître, remplacés par des symboles d'une simplicité quasi enfantine, et d'autres encore émergeant de nulle part.

– Ça ne veut rien dire, affirma-t-il, et pourtant le système fonctionne et semble même se perfectionner. Regardez, tous les composants de l'ordinateur paraissent augmenter en efficacité, même la carte graphique en est affectée. Comment cette femme a-t-elle pu inventer un processeur plus performant qu'une I.A. ? Avez-vous pu analyser de quoi il est constitué ?

– Non, c'est une masse compacte, une bille de matière que je ne suis pas parvenu à analyser. Impossible également de la débrancher de son support. Elle semble faire corps avec lui.

– Alors, on fait quoi maintenant ?

– On attend et on voit.

Ils ont vu. Bien que l'apparence de l'ordinateur n'eût changé en rien, ce petit portable tout à fait ordinaire, certes d'une évidente qualité à l'origine, s'était transformé, en interne, en un monstre dépassant, et de très loin, les calculateurs les plus prodigieux de la planète.

– Ce qu'elle vient de réaliser est ni plus ni moins qu'une nouvelle révolution comme l'a été autrefois l'imprimerie, l'électricité, l'ordinateur, l'Internet et les découvertes scientifiques les plus folles, mais ici, elles deviennent d'une fadeur à vous faire regretter les aliments les plus violents en goût.

Elle prit du recul, s'appuya sur le dossier de son fauteuil, inspira profondément.

– J'ai une théorie qui s'appuie sur ce que j'ai déclaré, un jour, au professeur William Shakes.

– Je vous écoute.

– Non, désolé, vous n'y êtes vraiment pas prêt. Il faut que je rencontre cette femme.

Elle fit un rapport et remit l'ordinateur qu'elle ne reverra jamais.

**Fuite**

A la demande de leur fille, le père et la mère de Lilith se sont assis sur le canapé. Le soleil du matin illuminait le salon de leur appartement new-yorkais d'une lumière rase, étirant les ombres et creusant les reliefs de leurs quelques meubles. Ils déménageaient souvent évitant ainsi à leur fille d'être placée dans un institut spécialisé sur les enfants dits précoces. Elle était au-delà de leur intelligence qui manquait d'intuition, d'inspiration et de profondeur. Elle était à elle seule tout un monde, celui des bruissements discrets, des murmures fins inaudibles à tous ou presque. Elle n'était pas tout à fait seule à déclarer tant de talents, d'autres, plus adultes en âge - elle était la plus jeune - parcouraient le monde posant là, en toute discrétion, quelques repères précieux, des indices témoignant de la subtilité de la vie, de ceux qui gomment la ligne d'horizon.

Elle distinguait cette petite brume claire et colorée vibrant autour de son père et de sa mère. Elle y déposait une intention, et les colorations prenaient alors d'autres lueurs, de nouvelles intensités. Les parents connaissaient bien ce processus, Lilith leur avait expliqué l'importance de cette immersion dans sa propre présence. Ils étaient là, auprès d'elle qui pouvait leur expliquer les décisions qu'elle avait à prendre sans devoir passer par des explications parfois incomprises. Elle organisait leur existence, bien malgré elle, selon les circonstances et les urgences. Aujourd'hui, ils savaient que leur route allait prendre une nouvelle direction. Parfois, le couple s'avouait ne pas vraiment maîtriser leur vie. Le père avait d'ailleurs dit à sa femme qu'il aurait aimé avoir une fille « normale », pour un quotidien plus ordinaire fait de ces petites choses qui font une complicité avec leur enfant. Mais ici, rien de tel évidemment. Lilith connaissait les difficultés de ses parents. Elle leur dit un jour : « C'est moi qui vous ai choisi, pour l'amour que vous vous portez, pour le cadre psychologique que vous m'apportiez lorsque mes facultés n'étaient pas encore épanouies comme elles le sont aujourd'hui. Et au plus profond de vous-même vous en étiez informés et l'avez accepté. Une preuve ? Vous m'avez donné le nom de Lilith, la première femme d'Adam au caractère très trempé. Elle me ressemble cette Lilith, mais je ne suis pas sulfureuse ».

Alors que sa fille allait avoir cinq ans, la mère s'était étonnée de la découvrir un livre à la main, qu'elle semblait vraiment lire. Elle s'était approchée et découvrit un livre sur l'Égypte antique entre ses mains. Elle avait voulu le saisir pour le ranger, mais Lilith l'en empêcha lui déclarant : « Je n'ai pas fini de le lire ». C'était d'ailleurs la première fois qu'elle parlait. Les parents s'étaient inquiétés de son silence durant toutes ces années. Ils ont pensé à une déficience intellectuelle, mais un ami psychologue les avait rassurés, ça pouvait venir bien plus tard. « Mais tu parles ? » s'étonna-t-elle tandis que Lilith souriait au soulagement de sa mère « Pourquoi n'aurais-je pas su ». « Et si tu me rendais le livre de ton père, il est précieux, tu pourrais l'abîmer ». Lilith se saisit du livre, et lut avec aisance tout une page, tout en donnant quelques éclaircissements sur certains passages ». La mère faillit crier, se leva et se tourna vers son mari qui avait suivi toute la scène. « Je sens qu'on va être débordé », avait-il déclaré. Ils ne l'ont vraiment jamais été, enfin un peu tout de même. Lilith les aida à accepter son état.

– Papa, maman ! dit-elle puis se tut. Elle leur laissa ce court moment pour apprécier ces deux mots qu'elle ne prononçait presque jamais, préférant leur prénom. Ils souriaient. Leur fille n'était pas étrangère à leur vie comme ils l'avaient si souvent craint.

– Nous devons quitter New York. Les services sociaux vont revenir pour me placer de force dans un institut. Le droit est pour eux. Et l'institut a des ramifications militaires. Dans les deux cas, c'est inenvisageable. Je vous propose la Californie à Coronado que vous connaissez déjà.

Ils n'ont même pas remis en cause cette décision. Elle a démissionné de son poste des ressources humaines dès le lendemain, tandis que le père démissionna de son poste d'agent littéraire à la société L'Agency. Pour ne pas perdre de temps, ils contactèrent une entreprise de déménagement et firent déposer leurs meubles dans un box près de Brooklyn, prirent des billets d'avion pour San Diego et quittèrent ainsi New York comme des fugitifs. Un bus pour Coronado. Sur place une agence leur trouva une location, une petite maison proche de Stacy selon le souhait de leur fille, petite parce que les tarifs pouvaient être stratosphériques. Plus tard, lorsque l'un et l'autre retrouveront un poste leur correspondant, ils pourront envisager de louer plus grand. Uniquement loué, car leur fille leur avait déjà imposé trois autres déménagements pour des raisons similaires. L'unique difficulté, signer un contrat sous un autre nom, ce sera la première fois. Les talents de Lilith leur permirent de trouver une agence pas très regardante. « Mais c'est totalement malhonnête, déclara le père ». « On n'a pas le choix, c'est pour Lilith, affirma la mère. On en est là, il faut l'accepter. Cette signature nous coûte cher, mais elle nous préserve. Ça durera ce que ça durera ».

## I.A. psychique

DARPA ! Qui connaît vraiment cette agence gouvernementale créée en 1958 sous l'impulsion du président Dwight D. Eisenhower ? Sans le savoir, chacun utilise, chaque jour, une ou plusieurs de ses créations. L'agence de recherche avancée en matière de défense a pour but d'étendre les frontières de la technologie et de la science. C'est l'agence de la création du monde futur. Les satellites météo, le GPS, les drones, les interfaces vocales, l'ordinateur personnel, les écrans tactiles, les tablettes, c'est elle. Elle a inventé les protocoles numériques qui ont donné naissance à Internet. L'agence est également leader dans le développement de l'Intelligence Artificielle (I.A.). Aujourd'hui, un bureau spécial est consacré à la recherche de l'informatique quantique pour un véritable service public, scientifique et industriel. Elle qui veut maintenir son leadership sur les prochaines découvertes.

Le directeur de DARPA, Louis Rivière, refusa le rapport de Meredith Gates. La colère dans les mains, il frappa violemment son bureau de sa large paume.
– Comment peut-on me présenter un torchon pareil. Tu as peut-être pensé qu'il me restait du temps pour me distraire ? Dit-il à son sous-directeur. Ce dernier ne manquait pas de caractère mais comprit qu'il allait devoir user de beaucoup de pédagogie pour lui faire comprendre l'importance du contenu de ce rapport.

– Louis, le mieux serait que tu viennes voir l'ordinateur qu'on a reçu la semaine dernière. C'est totalement dingue !

Il relut en diagonale le texte de quelques pages, bien trop court à ses yeux. Il retint les mots qu'il détestait : incompréhension, tient de la magie, dépasse l'entendement, etc. Rédaction si peu scientifique. Il n'est pas interdit de penser que Meredith Gates avait joué la provocation, grossir le trait pour mieux capter l'attention. Mais c'était méconnaître le caractère emporté de Louis Rivière, si fier de sa descendance française comme s'il s'agissait d'un titre de noblesse.

– Non, décidément non, c'est indigeste son truc. Désolé. Pourquoi elle ?

– Meredith Gates est connue pour ses thèses à la limite de la science, et elle obtient des résultats. Fais confiance à son jugement.

– Alors, refais faire une recherche sur cet ordinateur auprès d'un physicien de chez nous.

– Pas d'accord, ils sont trop conventionnels. Elle est évidemment allée bien plus loin que ce dont ils sont capables, aussi forts soient-ils. Je reviens avec l'ordinateur. Tu comprendras !

– Ne me fais pas perdre mon temps !

Le collaborateur quitta le bureau, courut presque dans les couloirs de l'agence, entra dans le laboratoire où trois scientifiques autour de l'ordinateur s'interrogeaient sur les limites possibles de ses capacités.

– Je le prends avec moi, le directeur refuse de croire ce que Meredith Gates a décrit dans son rapport.

Ils s'écartèrent, referma l'ordinateur, couru de nouveau dans les couloirs de l'agence et entra dans le bureau avant que le directeur ne le quitte.

– Ne m'embête pas avec ça, j'ai rendez-vous !

– Je sais que tu n'aimes pas ça, mais je vais devoir te forcer la main, regarde !

Une fois ouvert, un doux crépitement, presque le ronronnement d'un félin, retint son attention.

– C'est normal ce bruit ? demanda-t-il.

– Tape une commande, n'importe laquelle, ce qui te passe par la tête.

Rageur, il écrit : « Pourquoi me fais-tu perdre mon temps ». Rien de plus.

Sur l'écran, il lut : « Pourquoi ne pas croire ce rapport ? Meredith Gates a mené une enquête vraiment complète. Frapper votre bureau de la paume de votre main, ne chassera pas ce que vous ne comprenez pas ».

Louis Rivière se leva, la colère montait d'un cran.

– C'est toi qui as préparé cette réponse ?

Mais, à l'air ahuri de son collaborateur il eut un doute.

– C'est complètement fou ! murmura ce dernier. Comment a-t-il su que tu as eu cette réaction ?

– Tu me jures que ce n'est pas toi ?

– Quel serait mon intérêt de te jouer ce tour ? Je sais que tu veux des faits, rien que des faits. Je te connais depuis suffisamment de temps pour savoir que tu ne supportes aucune blague, et même aucune sorte de loisir, je ne me serais sûrement pas permis de plaisanter avec toi.

Le directeur se pencha sur le clavier, et frappa cette simple phrase.

– Qu'y a-t-il de plus confidentiel dans mon bureau ?

Sur l'écran, une liste exhaustive de dossiers très sensibles, avec quelques éléments de leur contenu.

– C'est une catastrophe ! Imagine des millions d'ordinateurs de cette performance à travers le monde, dotés de cette I.A. d'exception capable de détecter des situations personnelles, collectives, économiques, politiques, gouvernementales, hors son environnement. Tu vois les problèmes que tous les gouvernements seront incapables régler. C'est déjà très compliqué avec la gestion d'Internet, mais là, c'est un raz de marée de difficultés insurmontables, et même de conflits futurs. Il faut arrêter ça au plus vite. Détruis-moi ça immédiatement. Envoie une équipe chez cette chercheuse et ramène-la-moi. Je veux savoir comment elle a fait !

– Pourquoi le détruire ? Il faut continuer l'analyse du processeur ! Empêcher cette femme de passer au niveau industriel oui, mais pas détruire un truc pareil. Tu te rends compte du service que ça peut nous rendre ?

– Et que vas-tu en faire une fois que ton équipe, peut-être avec l'aide de se conceptrice, aura compris son fonctionnement ? demanda Louis Rivière. Tu ne vois pas que ce processeur fait partie des inventions qui ne doivent pas voir le jour pour le bien-être de tous ? Tu ne le vois vraiment pas ? Tu ferais partie de ceux qui estiment que parce que c'est possible il faut nécessairement le faire ?

– Tu vas à l'encontre de la mission du DARPA qui est d'être dans la recherche de pointe, on est en plein dedans !

– Oui, mais pour un véritable service public, là ce ne sera pas le cas.

– Service public, oui, mais pense à la dimension scientifique.

Louis Rivière s'impatienta. Il se leva, s'approcha de son collaborateur comme pour le menacer physiquement. Il était corpulent certes, mais vraiment grand. Surtout, son regard avait soudainement changé, comme illuminé, qui le fit reculer.

– Tu vois à court terme, comme tous ceux de ta génération, lui cria-t-il.

Il recula encore d'un pas, mais blessé par la dernière remarque, il s'opposa avec plus de conviction, mais avec la malheureuse certitude que son directeur pouvait bien avoir raison. Il dit : « La décision ne te revient pas, tu dois en référer à la direction du département de la Défense qui dira ce qu'il faut en faire ».

– Oh, mais je la connais déjà leur décision. La direction est entourée de gradés va-t-en-guerre et paranoïaques.

Le ton s'était adouci, et la voix avait gagné en profondeur.

– Peut-être, mais ce processeur va nous permettre de connaître les intentions et les secrets de tous les pays ennemis du nôtre.

— C'est vrai, mais tu te doutes bien qu'il tombera un jour entre leur main, et ce seront nos secrets qu'ils découvriront. C'est une boîte de Pandore. À peine ouverte, les malédictions physiques et émotionnelles de l'humanité vont tout détruire, déclara Louis Rivière.

— C'est quoi cette histoire, je ne comprends pas ce que tu dis. Je vais faire un rapport, et lui sera autrement plus convainquant que celui de Meredith Gates. Et j'envoie effectivement une équipe chez elle pour récupérer ce que la précédente équipe n'aurait pas trouvé.

— Tu ne l'auras pas sans mon accord !

Il quitta le bureau en claquant la porte. C'était le minimum qu'il pouvait faire. « Ce pseudo bienfaiteur de l'humanité n'est pas à sa place ».

Louis Rivière s'assit à son bureau, secoué par ce qu'il venait de se passer. Il s'était entendu affirmer des choses qu'il n'aurait pas cru possibles. La mission du DARPA passe avant tout. Sa décision pourrait bien lui coûter sa place. « Pourquoi ai-je dit ça ? L'argument n'est pas faux, mais on a toujours su gérer l'ingérable, alors pourquoi ? » pensa-t-il. Aucun état d'âme possible dans sa fonction. Il faillit retrouver son collaborateur dans son bureau, rediscuter, peut-être même admettre qu'il s'était trompé, mais il ne le fit pas. La mauvaise conscience a quelque chose d'exaspérant, c'est pourquoi, jusqu'à présent, elle n'a jamais effleuré son mauvais caractère. Une intuition peut-être - et il n'aime pas les intuitions puisqu'il faut les suivre contre toute logique - une intuition lui a murmuré de se méfier. Il récupéra l'ordinateur malgré les réticences de son collaborateur dont il se doutait qu'il aurait pu l'utiliser à des fins personnelles. Il ne l'avait jamais apprécié, trop d'ambition, trop d'orgueil. Il aime l'ambition quand elle sert également une équipe. Il se saisit donc de l'ordinateur et le déposa dans son coffre-fort, avec les fameux dossiers confidentiels. Ça en fera un de plus.

## Destruction

Le père de Lilith appréciait le climat de la Californie, mais qui ne l'apprécierait pas ? La plus belle manière de s'approprier un lieu est de s'y promener. Une marche lente. Il paraissait humer la lumière, comme si elle avait une senteur particulière. Et elle l'avait ! Certains voient des couleurs avec les mots, les sons. La synesthésie du père ? Des parfums différents selon la qualité, la coloration, l'intensité du jour. La nuit était son parfum blanc donc neutre. Il détestait la nuit pour cela. Aujourd'hui, les parfums, car il y en avait plusieurs comme une diffraction olfactive, étaient variés et d'une grande délicatesse. En fermant les yeux, il pouvait en intensifier les senteurs comme on sature une couleur. Il aimait tester ainsi toutes les palettes possibles à l'instar d'un peintre redonnant au parfum la lumière dont il est issu. Il boucle ainsi le cercle, et il en était satisfait. Il arrivait au terme de ce processus en approchant de la maison de Stacy, lorsqu'il la vit hurlant contre trois hommes chargés de cartons. Puis il en vit un autre sortant d'une voiture, grand et corpulent, les interpeller. Il les vit retourner dans la maison, et en ressortir les mains vides, tandis que Stacy l'invita à entrer chez elle. Avant de refermer la porte, elle se retourna, vit sur le trottoir d'en face le père de Lilith, le reconnut peut-être. Il lui fit un petit signe de la tête auquel elle ne répondit pas. Louis Rivière avait suivi la scène.

– Vous connaissez cet homme ? lui demanda-t-il.

Elle se retourna une nouvelle fois et l'observa plus longuement. Le père cru à une invite, il allait traverser la rue quand elle ferma la porte.

– Je ne sais pas, mais j'ai déjà vu ce visage.

– Soyez vigilante madame, soyez vigilante vous avez créé un monstre qui pourrait intéresser tant de monde.

Surprise de cette remarque, elle l'invita dans son salon en le remerciant d'être intervenu.

– Asseyez-vous et dites-moi qui vous êtes, et en quoi mon invention est-elle si dangereuse ?

Il se présenta et raconta sa mésaventure dans son bureau deux jours avant.

– Je ne le savais pas, ce processeur est tout nouveau, je commence à peine à le tester, lui répondit-elle tout en observant les yeux de l'homme d'un brun sombre. « Il est lui-même » pensa-t-elle. Mais ça ne durera pas !

Le père de Lilith revint de sa promenade, un vrai fond d'inquiétude au ventre. Il revint, certain d'avoir assisté à une scène pressentie par sa fille. « Pendant ta promenade, peux-tu t'approcher de la maison de Meredith ? », lui avait-elle demandé sans lui donner plus d'explication. Il revint et décrivit à sa fille ce qu'il venait de voir. « Je vais dans ma chambre » lui dit-elle. La mère de Lilith interrogea son mari du regard. « Je pense que notre venue à Coronado tourne autour de cette femme. Lilith nous l'avait dit, je ne pouvais que la croire, mais maintenant j'en suis convaincu » lui répondit-il.

Louis Rivière accepta le café proposé par Stacy qui s'assit en face de lui. Il prit le temps de décrypter ce visage austère, habitué au concept, à la pensée abstraite comme si cette abstraction même avait donné à ses traits cette expression particulière : un mélange d'attitude hautaine et d'introspection. Et pourtant, son regard le séduisait, et ses cheveux légèrement grisonnants comme si le temps s'était faufilé dans cette ondulation si sombre, en une onde mélancolique. Mélancolique ? Pourquoi a-t-il pensé ce mot, si loin de son répertoire ? Il venait d'exposer les missions de son agence, lui fit comprendre qu'il venait de prendre une décision propre à le faire « démissionner », qu'il n'en comprenait pas la raison, et qu'il avait un tempérament à assumer trop de choses. En fait, il parla de lui comme il ne l'avait jamais fait. Étonnante confiance dont le métier est la méfiance. Puis, à mesure qu'il se livrait, il ressentait un apaisement qui lui était totalement inconnu. Et plus il s'apaisait et plus il se livrait au point de se demander s'il ne devenait pas impudique, lui le protestant, à présenter ainsi ses états d'âme à une inconnue, sans aucun frein.

Stacy s'étonna, en effet, de découvrir un homme aussi imposant tant par la stature que par la fonction, devenir un humain presque fréquentable. Mais elle s'étonna davantage lorsqu'elle vit son regard se transformer à mesure que les mots de l'homme prenaient une dimension quasi enfantine. Le feu dans ce regard, elle le reconnaissait.

– Vous êtes de nouveau là ? demanda-t-elle.

– Je préfère, pour l'instant, passer vous voir par cette méthode, vous n'êtes pas prête à me rencontrer maintenant. Non, ne vous offusquez pas. Vous vous rendrez compte plus tard que c'était nécessaire.

– Qu'est-ce que cet homme vient faire ici, lui qui semble trahir sa fonction ?

Louis Rivière se pencha vers la table basse, se saisit de la tasse de café, en but un peu, la reposa et déclara avec le plus grand sérieux.

– C'est tout de même bon cette boisson. La première fois que j'en ai bu, c'était lorsque « j'accompagnais » cette Italienne pleine de vie.

Stacy refusa tout commentaire, se contentant de l'observer en silence, lui reprochant presque, par le regard, autant de légèreté.

L'Être revint à elle et lui déclara :

– Vous êtes l'auteur de ce processeur.

– Non, c'est la petite boîte qui l'a construit !

– Lorsque vous achetez des bonbons, est-ce leur boîte qui les a conçus ?

– Je n'achète jamais de bonbons !

– Je vois que vous avez compris ma métaphore, donc vous êtes l'auteur de ce processeur. Vous en avez pensé les moindres fonctions déterminées par vos souhaits. Vous aviez une idée très précise des résultats espérés donc attendus, sauf que vous y avez ajouté une part de vous-même qui n'aurait pas dû s'y trouver, votre part d'ombre. Ici, c'est ce besoin de savoir absolument tout ou presque sans tenir compte du besoin des autres. Parce que votre caractère autoritaire vous rend insupportable leur présence. C'est ce que vous allez devoir travailler pour réaliser un autre processeur, puis un autre encore plus performant et plus respectueux de votre environnement social. Vous allez devoir faire ce que votre ami Ethan a dû entreprendre en très peu de temps, mais son travail était moins important que celui que vous allez entreprendre. Outre le fait qu'il avait besoin de passer par cette expérience pour lui-même, je le lui avais proposé pour qu'il puisse aussi vous venir en aide. Votre confiance mutuelle le permet.

Un peu vexée Stacy tout de même ! Mais, on ne triche pas avec l'Être qui vous dépouille avec amour de vos constructions mentales, des formes mouvantes de la personnalité.

– Bon, et que faire de la première version ?

– Je ne peux intervenir sur une création. Interdit universel. Et vous ne pouvez le faire, sauf à le détruire. Ce sera à cet homme de vous remettre votre ordinateur.

– Et comment le détruire ?

– Un bon marteau suffira. C'est aussi simple que cela, mais ce sera à vous de le faire.

Le regard de Louis Rivière changea graduellement. Un éloignement doux de l'Être. Il fut surpris de se voir dans une position qu'il n'avait pas eu conscience de prendre, assis, une jambe en avant ainsi que le buste, la tasse de café dans la main gauche, et la droite brassant l'air comme dans une discussion soutenue. Il se ressaisit, prit une posture afin de montrer un peu plus de maîtrise. Stacy souriait, oui elle souriait à la reprise de conscience du grand homme. Mais le réveil paraissait difficile comme s'il avait été sonné par un mauvais crochet. Il en devenait sympathique. Le format bourru venait de se dissoudre.

– Ça va ? demanda avec une once malice qu'elle ne voulait pas cacher.

– Oui, oui, pourquoi me posez-vous cette question ?

– Une impression !

Il observait la pièce, se donnait surtout une contenance, parut réfléchir, récupérer une pensée perdue, ne la trouva pas, se tourna vers Stacy qui lui souriait.

– Ça va vraiment ?

– Je pense que j'ai un peu perdu le fil de mes idées…

– Un peu beaucoup probablement, mais je pense que vous m'avez dit l'essentiel. Que va devenir mon ordinateur ?

– Il est dans mon coffre-fort et n'en sortira pas.

– Et si vous me le rendiez !

– Pas question, trop dangereux.

– Je le détruirais devant vous, si vous le voulez.

– Pourquoi le feriez-vous ?

– Ce que vous m'avez décrit me fait peur autant qu'à vous !

– Je vais y réfléchir. Je vais retourner à l'agence, un long trajet m'attend.

Il se leva, mais avant de partir il eut une dernière question.
– Existe-t-il d'autres processeurs que vous auriez construits ?
Elle ne voulut pas tricher. En lui restait l'empreinte de l'Être.
– J'en ai encore neuf et je vais les détruire.
– Pouvez-vous le faire maintenant ?
Elle accepta préférant ne pas se mettre à dos un personnage aux fonctions si puissantes, et l'Être le lui avait demandé. Ils allèrent dans son garage chercher un marteau, et dans son bureau les petites sphères dans leur cache. Un coup sec, un seul, et leurs menaçantes capacités s'étalaient sur le sol dans un bruit de verre pilé. Simples débris devenus inoffensifs. Curieusement, il suffit de la destruction d'un seul pour que l'ensemble se brise. Meredith comprit que le processeur greffé à son ordinateur devait s'être, lui aussi, répandu parmi les composants électroniques.

Le rapport du sous-directeur du DARPA a intrigué la DIA, l'agence de renseignement de la défense. Le doute n'est pas un métier, affirmait souvent le général Scott D. Berrier de l'Armée de terre des USA, qui venait d'en prendre la direction. Lorsqu'on lui remit ce document de quatre pages, annoté en rouge avec de grands points d'interrogation, il appela directement Louis Rivière qui ne pouvait répondre. L'avion le ramenait en Virginie.

Arrivé sur place, il entra précipitamment dans son bureau, s'approcha, ouvrit son coffre-fort, curieux et inquiet de découvrir si la destruction des sphères avait eu pour effet de détruire celle protégée par la distance, les murs du bâtiment et l'épaisseur des parois du coffre. Il se saisit de l'ordinateur, prit un tournevis, et le démonta précautionneusement. Il vit l'éparpillement de particules de verre tout autour de la zone où il avait été greffé. Il en fut soulagé et intrigué à la fois : « A distance, comment c'est possible » se dit-il tandis que son collaborateur entra dans la pièce. Il vit l'ordinateur et comprit. Enfin le croyait-il.

– Tu as osé le détruire ! Ça ne se passera pas comme ça ! Tu te rends compte de l'atout que pouvait nous apporter un tel processeur.

Louis Rivière se leva, contrarié, en colère pour ce qu'il venait d'entendre.

– Je n'ai rien fait, je l'ai ouvert, simplement ouvert, déclara-t-il comme prit en faute.

– Et pourquoi l'aurais-tu fait si ce n'est pour le détruire ? J'en vois d'ailleurs le résultat, là, sous mes yeux. Si ce n'est pas toi, qui l'a fait, qui aurait le code de ton coffre, qui ?

Il lui était impossible de répondre, d'affirmer que la destruction a eu lieu à distance. Il se tut. Son collaborateur quitta le bureau en claquant la porte une nouvelle fois. Louis Rivière comprit qu'il ferait un rapport qui le mettrait en difficulté, en grande difficulté.

## Nouvelle expérience

Lilith sur la plage, une enfant tournoyante autour des vagues. Lilith vive et bruyante criant sa joie à capter les embruns et leur lumière pâle. De la clarté dans la matière. Elle s'en nourrit. Elle aime ces forces discrètes qui stimulent le vivant. Ses parents l'observent, heureux certainement, inquiets aussi de ne pas être à la hauteur des talents de leur fille. Ils l'observent vagabonder sur la plage, s'arrêter près d'une personne comme si elle en écoutait les murmures, parfois prendre dans ses bras un adolescent, un peu surpris, dont elle devinait les détresses de son âge. Ils se méfiaient aussi lorsqu'elle s'approchait d'un adulte, s'asseyant quelques minutes, lui jetant une impossible phrase, de celles qui créent beaucoup de désordre pour un « reset » partiel de la pensée. Ils redoutaient qu'une réaction vive de sa part puisse blesser leur fille.

Puis Lilith revint près d'eux, d'un regard elle désigna quelqu'un, une femme d'une grande taille, la chevelure noire dansant dans le vent. Il reconnut la femme que Lilith avait interpellée lors de leur premier séjour à Coronado.

Stacy dans ses pensées. Une marche lente qui l'apaisait si bien. Les récents événements l'avaient épuisée, physiquement, moralement. Lorsqu'elle avait brisé d'un seul et unique coup de marteau les processeurs qui avaient émergé d'une petite boîte sombre, aussi sombre que la pensée des hommes, elle avait brisé une bonne partie de ses certitudes. Sa structure a toujours réclamé d'être certaine.

Fixer des repères qui font un chemin, mais le sentier a bifurqué avec violence.

Le regard en feu, le père se leva à l'approche de Stacy et l'invita à les rejoindre. Elle ne le reconnut pas vraiment mais vit la petite Lilith, assise près de sa mère, les yeux clos comme en prière.

– Elle ne parle pas aujourd'hui, c'est rassurant !

Elle voulut s'approcher d'elle, lui gratter son abondante chevelure comme on le ferait à un petit animal. Un geste maladroit d'affection et de domination : c'est moi l'adulte et toi l'enfant. Elle s'approcha, tendit le bras, la main allait s'ouvrir pleinement puis la referma. La mère avait dit non de la tête. Le père a aussitôt invité Stacy à marcher le long de la mer. Elle vit son regard et comprit que l'Être avait à lui parler.

– Vous savez donc toujours où je suis ! affirma-t-elle, une pointe de désapprobation dans la voix.

– Je suis là où c'est nécessaire !

– Qu'elle est la nécessité aujourd'hui ?

Le ton se voulait ironique, mais Stacy accordait à l'Être une dimension dont elle ne pouvait prendre la mesure tout en percevant un univers qui lui était étranger. Mais son caractère était ainsi fait, d'orgueil donc de peur.

– Il est heureux que Louis Rivière ait une conscience, la situation aurait pu être tragique, affirma à travers le père.

Quelques vagues mouraient à ses pieds. Elle les esquiva d'un petit bond de côté, prenant le temps d'une réponse solide, car elle se sentait malgré tout responsable de la curieuse nature du processeur.

– C'est ce qu'a produit la petite boîte. Et vous auriez pu intervenir ! répliqua Stacy.

– Surtout pas, chacun est responsable de ses actes. Chacun doit en mesurer les conséquences et les subir. C'est ainsi qu'on apprend. Et s'il est possible d'intervenir, c'est à l'auteur de le faire.

– Il reste que ce qui est sorti de la boîte c'est ce processeur et pas un autre.

– Ce qui est sorti de cette boîte est votre création, il est imprégné de votre nature. Et la vôtre veut tout savoir, tout connaître. Votre processeur, car c'est bien le vôtre, est imprégné de votre structure. Il est important que vous en conceviez un autre, mais auparavant il va falloir comprendre la raison pour laquelle vous avez un tel besoin de savoir. Il n'est pas question que vous soyez accompagné d'un psy pour cela, ce serait prendre un temps trop précieux pour parvenir à un résultat trop incertain. Je vais vous proposer une expérience qui ne prendra que quelques secondes ici, mais des semaines là où je vous propose d'aller. Ailleurs dans un autre temps après l'effondrement d'un monde et sa lente renaissance. L'effondrement c'est ce qu'aurait pu produire votre processeur. Là où je vous emmène, le climat en est imprégné c'est ce qui accélérera votre éveil, et ses conséquences directes également sur le contenu même du processeur. Mais il y aura aussi une rencontre importante.

Stacy s'immobilisa, ses jambes la portaient à peine. Sa première expérience avec l'Être l'avait laissée si nue, si fragile, si exposée qu'elle ne se sentait pas capable d'en vivre une autre dont elle pressentait déjà l'impact.

– Je ne suis pas prête, vraiment pas prête.

– Vous êtes bien la seule à ne pas pouvoir l'évaluer. Et prête ou pas, l'expérience aura lieu.

Aussitôt elle entendit « maintenant ! »

Stacy perçut des cris d'enfants, un chant joyeux, et des sifflements. Elle les a vus se déplaçant dans une douce pagaille comme heureux de vivre. Ce fut sa première surprise. Sa seconde surprise fut de les voir à moitié nus, ou vaguement couverts des restes de tissus ou même de peau de bêtes. Elle se souvient des propos de l'Être, et du déclin de ce monde. Ces hommes, ces femmes, ces enfants ont pu s'adapter au prix d'une redoutable régression. Il ne semblait rien rester de la civilisation qui avait vu naître leurs lointains parents. Elle avait sous les yeux, d'authentiques chasseurs-cueilleurs épanouis, bien nourris, d'une saleté ordinaire. Ils se parlaient, mais communiquaient beaucoup en sifflant, comme une onde portant un message, une onde modulée, stridente, mais accompagnée d'une note si grave qu'elle se demandait comment de si petites bouches parvenaient à la produire.

Elle ignorait si elle pouvait être vue ou touchée, à moins qu'elle ne fût qu'une vapeur mêlée à leur atmosphère. Elle attendit que le soleil fut haut, juste après leur repas, donc en pleine lumière et repus, c'est-à-dire apaisés comme pourrait l'être un fauve. Elle s'est avancée en chantant pour se faire entendre. Puisqu'ils sifflaient, elle pouvait chanter. Elle ne savait pas siffler. Trois hommes se sont levés aussitôt, tandis que le reste de la tribu s'est réfugié dans la grotte. Lance en main, ils ont attendu qu'elle s'approche. Elle s'est arrêtée, une peur folle au ventre. Elle s'est assise en tailleur en signe de soumission, et a fermé les yeux pour ne pas croiser leur regard ce qui aurait pu être interprété comme une agression. L'un d'eux s'est accroupi pour la toucher. À cet instant seulement elle se rendit compte qu'elle était nue. Pourquoi nue ? Avant de se protéger la poitrine, elle a cherché un feuillage, sans le trouver, qui aurait pu la couvrir. Elle se contenta de croiser les bras sur ses seins. Elle n'osa rien dire, qui aurait pu la comprendre ?

Elle a souri. Universel sourire. Ils ont reculé de plusieurs pas tout en s'invectivant. Elle a vu un homme de petite taille, le cheveu gris, s'approcher. Le front plissé, le regard clair si perçant, il s'est assis devant elle, en tailleur également comme un signe d'apaisement.

Ne supportant plus le silence, elle se mit à parler, longuement parler. Son flot de paroles l'a surpris. Il a même souri. Une femme dotée d'un tel babillage ne pouvait être dangereuse, pensa-t-il. En réponse, il parut se nommer d'un sifflet strident à lui rayer les tympans, puis il prononça quelques mots à mesure qu'il présentait ce qui semblait être les membres de sa famille, femme, enfants et même une personne très âgée. Tous ne sifflaient pas, elle entendait des murmures sourds et lointains provenir du fond de la grotte. Au milieu d'eux, elle vit une femme d'une beauté dérangeante. Elle ne ressemblait pas à ce peuple assez trapu, d'une taille moyenne. Grande, élancée, le visage d'une étonnante finesse, et ses yeux d'un vert presque transparent. Malgré la crasse qui recouvrait son corps, elle rayonnait une puissante majesté. Mais le plus troublant fut son regard, comme si elle lisait le monde avec une déconcertante évidence. Lorsqu'elle vit Stacy, elle vint à elle, le front plissé comme si une interrogation sans réponse la contrariait. Elle la dévisagea, approcha son visage comme pour mieux entendre son histoire, puis s'agenouilla de nouveau et dessina sur le sol poussiéreux, à l'aide d'un court bâton, quelque chose qu'elle ne pouvait connaître, sa maison de Coronado. Stacy s'agenouilla pour effleurer l'image si réaliste. La maîtrise du trait avait quelque chose d'inquiétant, puisqu'elle retrouvait même les éclats de peinture de la fenêtre de sa chambre. « C'est impossible ! » pensa Stacy.

Elle se redressa d'un coup. Elle venait de lire le long parcours jusqu'à eux, ainsi que la présence de l'Être. Près d'elle, un enfant d'une dizaine d'années a suivi la jeune femme, peut-être son fils, en sifflant comme l'aurait fait un oiseau blessé.

Au loin, elle a distingué sa longue chevelure rousse fouetter le vent. Rattrapée par l'enfant, elle cessa de courir, se baissa, lissa le sol de sa main puis se mit à dessiner, comme si cet art permettait de l'apaiser. L'homme qui semblait être le chef émit un râle de mécontentement, et s'approcha de la femme en pleurs. Stacy a osé le suivre. Il s'est tourné vers elle, parut contrarié puis se désintéressa de cette étrangère qui apportait déjà son premier chaos. Il s'approcha encore, mais il se fit hésitant. L'enfant, d'un geste d'une naturelle autorité, lui imposa presque de rester à sa place.

Une évidente crainte dans le regard de l'homme qui admira la précision du geste de la jeune femme, comme une chorégraphie flirtant avec sol, traçant à l'aide d'une fine baguette un souvenir, un instant de solitude loin des siens. Stacy assistait à un miracle artistique. Elle dessinait avec art les ruades d'un cheval. Image qui devait l'apaiser. La terre accueillait les sursauts de l'animal et sa crinière flamboyante, un vent fou sur ses museaux. Elle ne se contenta pas de contours appliqués, mais mis en valeur les ombres et lumières qui font le vivant. L'homme s'inquiéta d'une représentation si proche du réel comme si le dessin pouvait prendre vie, l'arracher de sa pose muette et piétiner le campement. Avant qu'elle n'ait terminé son dessin, il la rejoignit et lui arracha des mains son pinceau de bois, le jeta loin d'elle comme il chasserait un mauvais sort, et la réprimanda. Elle se leva sans un regard, retourna vers la grotte et s'y enfonça à la recherche du soutien de sa famille. Une famille qui la craignait. L'enfant siffla contre l'adulte et rejoignit sa mère.

Stacy a voulu s'approcher d'elle. Elle s'est approchée. La grotte était sombre, mais un peu de jour éclairait le visage tourmenté de la femme. L'enfant lui fit comprendre d'attendre. Il se tourna vers sa mère. Il paraissait lui poser une question à laquelle elle répondit par un signe de la tête. L'enfant fit asseoir Stacy. La femme l'observa un moment puis se saisit d'un bout de bois qui traînait sur le sol, et traça une longue ligne au bout de laquelle elle esquissa hâtivement ma silhouette, puis la sienne et celle de l'enfant. Enfin, sur la largeur d'une main, elle dessina une nouvelle silhouette, encore et encore sur l'ensemble de ce trait. À l'autre extrémité, elle dessina de nouveau ma silhouette d'où elle traça une courbe allant jusqu'à la première, survolant ainsi les générations qui se sont succédé et qui la séparaient de Stacy. Puis elle la regarda, et lui fit signe de la laisser seule.

– Ne vous inquiétez pas, votre secret sera préservé.

Qui est cet enfant qui parle sa langue ? Un autre enfant-adulte ?

– Comment est-ce possible, et comment a-t-elle su qui j'étais ? Et vous, comment pouvez-vous parler ma langue ?

Stacy découvrait, au cœur d'un peuple noyé dans sa survivance, une femme qui paraît folle, mais dont les talents dépassent tout ce qu'elle a pu voir, et un enfant, un génie dans un corps d'enfant qui a su sa langue sans même savoir qu'elle la parlait.

– Vous devez la laisser seule, elle a besoin de reprendre des forces.

Elle allait l'interroger quand il lui fit signe de se taire. Mais pas de silence possible dans la tête. Rien qu'avec sa voix intérieure, elle aurait pu remplir la montagne, rendre au ciel tout le sel de la mer, et remettre au grand jour la parole des oubliés.

Il lui faudra attendre plusieurs lunes avant de rencontrer la mère et l'enfant. Ils ont quitté la tribu le soir même. L'enfant, dont l'autorité auprès du peuple était une évidence, avait laissé des instructions la concernant. La première l'a laissé perplexe. Elle devait porter leur vêtement, c'est-à-dire, des peaux puantes, parce que mal tannées, un patchwork des restes de petits animaux. Elle s'est soumise à cette exigence avec des haut-le-cœur mal dissimulés.

Vêtue de leur pelure, elle leur ressemblait un peu, mais il lui restait à se couvrir d'une crasse sociale difficile à supporter.

Il fallait que l'Être eût d'importantes raisons pour lui faire subir cette existence accroupie dans le froid de la brise marine, ou le brûlant d'un feu sur lequel flambaient, plus que ne cuisaient, de sombres morceaux de viande.

La langue ! Elle a intégré peu à peu des notions suffisantes pour comprendre et être comprise, mais les sifflets lui échappaient totalement, le sens fuyait à la moindre tentative d'extraire un son cohérent qui ressemblait davantage à l'agonie d'un animal blessé, qui lui valut des moqueries. Preuve qu'elle s'était intégrée au groupe.

Un ruisseau proche du campement. Une eau limpide. L'eau de la vie, leur vie. En aval, le plus loin possible de la grotte, elle s'y est lavée à grand frottement, la main chargée de sable. Les jours passaient ainsi à tenter de comprendre leur langue, leur existence et sa propre présence dans ce monde des premiers temps, ou des derniers. Elle attendait le retour de la mère et l'enfant.

Ils sont revenus, un soir, juste avant la nuit bleue. Un sifflement de l'enfant, au loin, résonnant sur les flancs de la grotte. Une vrille puissante, suraiguë. Aussitôt, la tribu se rassembla autour du feu comme si elle répondait à un ordre. C'était un ordre. L'enfant marchait d'un pas lent, vêtu d'une courte tunique d'un tissu clair et propre. Autour de Stacy personne ne semblait surpris d'une telle tenue. D'où venait l'enfant ? La mère à ses côtés, en silence, toujours, elle paraissait ailleurs ou en présence différée. Mais ses yeux fouillaient la tribu à la recherche de quelqu'un. Son regard, sur Stacy. Une autre forme de rencontre. Elle la fixait tandis que Stacy baissa les yeux. Elle craignait qu'elle ne la lise de nouveau. La femme le comprit, se détourna d'elle, et alla retrouver sa place dans la grotte. Elle se défit de sa tunique, similaire à celle de l'enfant, et se couvrit de ses oripeaux. Elle perdait en prestance ce qu'elle gagnait en humanité malgré la froideur de ses traits. Elle se saisit d'un bout de charbon de bois, et s'enfonça dans les gorges sacrées de la grotte pour en couvrir les parois de son imaginaire.

Quant à l'enfant, il parlait sans siffler à un groupe d'hommes et de femmes, manifestement les plus âgés, tandis que les autres attendaient patiemment qu'il devienne disponible. Et Stacy était là, auprès d'eux, à guetter sa venue. Avec ses cheveux longs et sa tunique claire, le petit prophète rayonnait en maître. Tous se sont assis, à écouter un discours qu'elle ne comprenait évidemment pas, sa maîtrise de leur langue étant trop lacunaire. Puis il lui fit signe de s'écarter de la grotte. Il la suivait. Plus loin encore fit-il, et lorsqu'ils furent assez loin, il la fit s'asseoir et s'installa à ses côtés.

– Pose-moi toutes les questions qui te viendront à l'esprit, et je répondrais également à celles que tu ne t'es pas encore posée.

– Comment connais-tu ma langue ? D'où vient cette tunique que tu portes ? Qui est cette femme que je suppose être ta mère ?

Il l'interrompit d'un geste de la main.

– C'est beaucoup de questions et peu de place pour y répondre, non ? Commence par une vraie question !

– Mais aucune n'est fausse ! dit-elle une pointe d'agacement dans la voix. Ça ne va pas encore recommencer comme avec la petite Lilith.

L'enfant a souri à ce nom.

– Il y en a pourtant une qui répondrait en partie à celles que tu viens de me poser.

L'autorité du gamin lui était insupportable. C'était elle l'adulte, et pourtant, à cet instant, elle vivait les incertitudes d'une enfant. Lilith avait eu le même effet sur elle. Une question, mais laquelle ? Renonçant à en trouver une dotée d'un peu de profondeur, elle lui demanda :
– Qui es-tu ?
– C'est la bonne question à ce moment de notre conversation.

Il lui répondit sous une forme de boutade :
– Je suis de l'écume d'étoiles !

Elle s'est levée : – non, je n'ai vraiment pas besoin de ça !
– Et tu vas me dire que ce n'est pas une réponse d'enfant, n'est-ce pas ?

Il dominait totalement la conversation. Si elle voulait obtenir une information sérieuse, il lui fallait accepter ce qu'il devait être, une sorte de génie dans un monde en ruine.
– Tu as un nom ? Ici, personne n'en a !
– Je m'appelle Seren !

Et n'en dit pas davantage. Elle aurait aimé une discussion plus simple, comme l'auraient fait deux amis autour d'une bière sur une terrasse de café, parlant du tout et surtout de rien, dans une douce inconscience, la part légère de l'être.

— L'émotion, la belle émotion que voilà, lui dit-il. La conscience engendre les émotions, les sensations, les sentiments. Elle les produit, les exprime, comme les soleils expriment leur chaleur, mais, quand ils l'ont fait, ils n'ont pas tout dit de ce qu'ils sont, car ils portent un contenu précis. Ainsi, la conscience n'est pas seulement l'émotion, le sentiment qui en désigne l'existence, elle est aussi autre chose dont nous voulons comprendre la nature. La conscience est issue d'un principe, elle est la manifestation d'un état plus vaste. Toi et tes frères, moi-même, nous sommes l'émotion, la sensation et le sentiment d'une présence. La goutte de conscience dans laquelle tu t'es modelée est extraite de la grande nature, comme on extrait le vin du raisin après un patient travail. La vie te vinifie, et il en est ainsi de chacun des tiens. Je suis une conscience plus ancienne.

Si toutes ses réponses devaient avoir la même teneur, elle allait être rapidement saturée.
— Qu'est-ce que tu es ? Aucun enfant ne peut raisonner comme ça !
— Je ne raisonne pas, je réfléchis. Réfléchir c'est ajouter la créativité à la raison.
— Stop ! Tu te moques de moi ! Où as-tu appris ces paroles ?
— Aucune moquerie. Je te respecte Stacy. Je souhaite seulement te convaincre d'écouter ce que j'ai à te dire.
— Je ne t'ai jamais dit comment je m'appelle !

– Tu aurais dû.
– Manifestement, ça n'aurait servi à rien puisque tu connais mon nom.
– Sophisme, tu ne pouvais savoir que je savais !

Elle se taisait, il poursuivit :

– Je parcours le monde, avec mes parents d'ici, pour rencontrer des gens comme toi, prêt à agir pour le bien du plus grand nombre alors que tes contemporains vivent dans un oubli culturel absolu.

Elle ferma les yeux, mais les mots poursuivaient leur danse, là, dans la tête, comme des vrilles visuelles et des ondes colorées.

– Le monde d'où tu viens est en effervescence. Il n'est pas loin d'atteindre le point de rupture. Aussi, chaque action dynamique et productive peut faire favorablement basculer la situation dans une direction qui mérite vraiment d'être prise. Puisque cette décision se perd dans un brouillard de conflits, de raisonnements erronés, puisque les consciences s'épuisent à simplement survivre, exactement comme ce petit monde que tu côtoies, un coup de pouce permet parfois, mais pas toujours, d'apporter de justes réponses. C'est ce que tu peux faire, à ton niveau, en offrant cette technologie qu'il te faut affiner. Toi aussi, tu as ton petit coup de pouce. Ta venue ici, aussi troublante soit-elle, est en train de sculpter en toi une belle matière. Ce que tu produiras alors sera en plein équilibre avec ce qui est attendu. Ne t'inquiète pas de savoir de quoi il s'agit, l'important est ce processus « d'affinage ». Vivre ici, c'est prendre en profondeur la mesure des difficultés d'un groupe, d'une tribu, d'une civilisation, d'un siècle. Ce que tu vis ici est similaire à ce que vivent tes semblables, mais sur une autre mesure.

Tu participes à ta manière à la résurgence d'une vie plus épanouie selon des critères anciens. Ils ont leur valeur. Mais selon les peuples ou les tribus - qu'importe le nom que tu leur donnes - la nature de ton intervention sera différente.

– Mais toi, que fais-tu ici ? lui demanda-t-elle

– Le plus simple est de raconter l'histoire de la femme aux dessins qui, je te le précise, n'est pas ma mère. C'est elle que je suis venu chercher pour l'emmener chez mon peuple, de l'autre côté de la mer, dont on devine les côtes justes en face.

– Qui est ce peuple ? J'ai l'impression qu'il est très différent de ceux que j'ai rencontrés.

Seren marqua une pause. Il semblait s'interroger sur la pertinence ou non de me répondre. Puis il me dit :

– Ce sont les représentants, ici, de Shamballa !

Évidemment, il se tut pour forcer ma question, mais je gardais le silence comme l'aurait fait un enfant boudeur.

– Poser une question c'est ouvrir une porte, me dit-il, pour permettre à la réponse d'être si bien reçue.

Elle bouillait à l'intérieur face à cet enfant si éveillé, trop éveillé. Elle se sentait à peine naissante, tandis que dans ce petit corps naviguait un géant.

– Bon, d'accord, je pose ma question, dit-elle avec une évidente mauvaise volonté. Qu'est-ce que Shamballa ?

– C'est le royaume des grandes consciences, un royaume intangible, mais bien présent, une force vive d'amour, de connaissance, d'éveil qui œuvre à l'émergence de la vie sur ce monde et sur tant d'autres. Il guide homme et femme en quête de sens pour parfaire leur éveil, eux qui deviendront, un jour proche, de grandes consciences. Je ne t'en dirais pas plus. Une autre question ?

Elle en avait tant d'autres, mais une image s'est imposée. Celle de la femme aux dessins.

– Tu es allé dans ton peuple avec cette incroyable femme, pourquoi l'avoir ramenée ?

– Elle est allée chez moi pour la préparer, et elle est ici pour préparer son peuple d'adoption à son départ. Maintenant, ne pose plus de question et écoute-moi !

Malgré son très jeune âge, l'enfant paraît être la mémoire du monde. Comme transfiguré, il clame, il dit, il crée des images comme on ravive des souvenirs.

– Une fillette dont la fulgurante intelligence avait réussi à perturber son propre clan s'échappa, préférant la solitude à l'incompréhension. Elle survécut à l'aridité des terres qu'elle traversait dos au soleil, certaine de s'écarter ainsi de son clan. Elle survécut au froid des vents de glace, elle survécut, mais n'eut plus la force d'approcher et de franchir cet horizon blanc qui lui brûlait les yeux. Elle parcourut du regard ce grand jour clair. Elle happa cet incroyable silence, un silence comme une pause de la vie, une immersion dans de nouvelles sensations. Sans force, elle s'abandonna en chemin, certaine du terme de sa route. Elle s'assit et arracha par brassée un lichen dense et sombre qui la protégerait du froid, s'allongea et attendit la nuit.

Elle fut découverte là, par le clan que tu connais, inerte, mais vivante. La femme médecin du clan toucha le corps, vit qu'il était chaud, tenta de réveiller la dormeuse. La réveilla. La fillette ouvrit les yeux. D'un bond, la femme se releva et appela son peuple en la désignant de l'index. Les yeux de l'enfant n'avaient pas le bleu de son peuple ni le noir de l'autre peuple. Ils étaient verts, un vert si clair qu'ils en étaient transparents. La couleur des dieux sombres. La femme médecin revint vers elle, lui tendit la main et l'aida à se relever.

La fillette devint jeune femme. Elle apprit les langues de son nouveau clan, celle qui sort de la gorge, mais aussi celle des sifflements. Enfant, elle avait repris le dessin, mais avec l'âge, la femme médecin lui apprit qu'il était dangereux de dessiner avec autant de précision. C'était donner vie à des êtres tapis dans l'ombre. On ne doit pas perturber le sommeil des esprits. Alors en secret, elle perfectionna son art jusqu'à parvenir à réaliser une fresque dans un conduit délaissé de la grotte. La précision du trait, la nature même de ses dessins l'aurait fait expulser de son peuple. Elle avait pris ce risque parce qu'il lui était impossible de ne pas le prendre. Plus qu'une pulsion, un murmure clandestin comme un ordre.

La femme dessin parlait peu, mais lorsque ses propres murmures intérieurs la débordaient, elle rassemblait sa famille et racontait ce qu'elle ressentait. Elle décrivait les mondes loin de leur terre, et plus loin encore par-delà une mer dont ils ignoraient l'existence. Elle évoquait, mieux, elle invoquait les temps futurs, les grands lendemains en des termes nouveaux et inquiétants. Mais tous écoutaient, un peu effrayés, la voix claire de cette femme, le feu dans le geste. Un volcan de mots. Puis elle se taisait des jours entiers dans l'attente de nouveaux murmures.

Elle fit un test. Un soir plus calme tandis que sa famille, et l'homme chef et la femme médecin s'étaient réunis, elle se saisit d'une baguette, lissa le sol de la main puis attendit l'approbation de l'un ou de l'autre. Intrigué, l'homme chef approuva. Elle dessina un grand cercle et désigna le ciel en nommant le soleil, puis un plus petit cercle en désignant le sol, la terre, puis un autre plus petit encore évoquant la lune. Enfin, plaçant son pinceau de bois à effleurer son dessin elle désigna la terre, puis le fit tournoyer autour du plus grand cercle. Personne ne comprit son intention. Elle l'effaça, puis redessina un très grand cercle, la terre, dans le lequel elle traça des figures presque géométriques, deux grands triangles l'un au-dessus de l'autre, et sur la droite une masse ovoïde, au bas duquel on pouvait deviner une jambe, puis un peu plus à gauche une masse carrée sur laquelle elle planta son bâton. Leur caverne était là. Ils ne comprirent toujours pas.

Énervée de ne pas être comprise, elle dessina à la hâte, comme une provocation, un oiseau très étrange, tout lisse, tout en longueur, aux ailes déployées. Sous chacune d'elles deux petits cylindres, et surtout une queue non pas horizontale, mais verticale. Elle ajouta d'inutiles détails aux yeux de tous, comme cette ligne de petits cercles le long du corps. Aucun oiseau n'avait de queue verticale, l'oiseau dessiné ne pouvait voler. L'homme chef s'approcha d'elle, se pencha et effaça le dessin. Elle se leva en colère, très en colère, et décida de ne plus jamais dessiner devant eux. Elle ferait autrement.

Un matin, un grand matin chaud, la main fébrile, les pensées "flammes", elle dessina dans une transe folle. Des traits presque furieux mais d'une précision ahurissante, s'incrustaient dans la peau morte qu'elle utilisait en toute discrétion dans les profondeurs de la grotte. Les images voletaient, prenaient des formes singulières, des sens inconnus. Elle se laissait saisir par cette main anonyme et les pensées lointaines. Et elle en ressortait radieuse, apaisée, forte.

Chaque peau délicatement roulée était placée dans la profonde cavité d'une roche, à l'abri du temps et des curieux. Des lunes encore et ses dessins gagnaient en précision, devenant de plus en plus déroutants. Elle ne comprenait pas ces images folles, là, sous ses yeux. Un nouveau monde prenait vie.

Un soir, avant qu'elle ne revienne à la grotte, elle fut surprise par l'homme chef, un parchemin à la main couvert de dessins. Elle fut chassée du clan.

Stacy, à ta manière tu proposes quelque chose de singulier à travers tes créations. Tu pourrais être chassée à ton tour. En tempérant ton caractère, ce que tu apprends ici, tu pourras apporter des réponses astucieuses à des situations parfois dangereuses.

Seren interrompit son long récit, lui laissant le temps de reprendre ses esprits. Jamais elle n'aurait imaginé rencontrer de tels personnages, des êtres remarquables. Elle observait ce petit prophète aux allures d'enfant chétif, ordonner à l'intelligence ses directives, ses impressions, ses intuitions, fluidifiant les situations comme l'aurait fait un Socrate, un Platon, en une ère de désolation.

La découverte d'une vie au-delà de ce nous croyons savoir d'elle, où les nouvelles réponses font émerger un brouillard de questions. Seren suivait le cheminement des pensées de Stacy. Elle le voyait bien à ce sourire complice semblant dire « la tumultueuse femme s'éveille peu à peu. Enfin ! »

Elle pensait à la femme aux dessins, que venait-elle faire dans cet incroyable théâtre d'ombres avec son silence et son talent.

– Elle transmet l'histoire de l'humanité par l'image. La langue la plus évidente pour tous.
– Elle va quitter son peuple ?
– Indispensable pour que je puisse l'aider à maîtriser ses émotions. Son enfermement intérieur nuit à la bonne expression de son talent. Dessiner avec cette maîtrise ne suffit pas, il est juste de savoir transmettre, ce qu'elle va apprendre. Elle te ressemble un peu, mais toi tu as bloqué tes émotions.

Elle ne voulut pas revenir sur cette dernière phrase, et demanda :
– Elle a un nom ?
– Nommer, c'est définir un contour, affiner une présence. Nommer ne dit pas tout de la personne, mais indique un chemin allant de l'autre à soi. Elle s'appelle Nassilia, elle ne le sait pas encore. Il existe chez nous la cérémonie de l'attribution de nom. Ce sera une grande étape pour elle.

Et il ajouta :
– Maintenant, il est temps de revenir chez toi !

Lorsqu'elle se vit sur la plage de Coronado, son premier pas paru flotter dans le vide. Le père la retint en la saisissant par le bras et impulsa ce tout petit mouvement qui lui permit de reprendre sa marche.
– Combien de temps ? demanda-t-elle à l'Être.
– Le temps d'une pensée heureuse.

Elle comprit que savoir ne suffit plus. Il lui fallait enfin vivre.

Quant au père de Lilith, un lac dans la tête et ses ondes apaisantes, il s'assit, bouleversé, entre sa femme et sa fille. Il dit : - J'ai vu ce que cette femme vient de vivre, j'étais comme là, auprès d'elle. Et les sensations si puissantes, et la chaleur du moment, les sifflets parcourant la grotte, la présence de cette grande femme au talent insensé, et cet enfant prophète. Je ne savais pas tout ça, je ne savais pas ! Et je ne sais même pas comment j'ai pu vivre ça !

Le père découvrait qu'au-delà de son propre regard vivaient les ondes folles d'une autre matrice.

**Conflit entre agences**

New York, dans les bureaux des services sociaux c'est la consternation. La jeune assistante sociale qui avait rencontré Lilith a trouvé porte close lorsqu'elle a voulu interroger une nouvelle fois la fillette pour mieux évaluer ses compétences et prendre l'évidente décision de la placer dans un institut parfaitement adapté à ses talents. Enfin, sur le papier ! Car l'intention était ailleurs. L'organisme social avait une section spécifique pour ces enfants hors normes, en lien avec la DIA qui cherchait à former leurs futurs agents. La vitesse à laquelle le monde se complexifiait imposait des agents hors normes justement, capables de raisonnement, d'intuition, de créativité que même des hommes ou des femmes dont l'intelligence est estimée exceptionnelle n'auront jamais. Car il s'agit d'autre chose. Du génie ? Non ! Autre chose encore ! Des êtres connectés à une autre source, certes indétectable, malgré tout décelable par le biais des actions de ces autres hommes et femmes capables d'une perception singulière du réel, capables d'apporter une analyse impossible à tenir pour le commun des mortels, et des réponses si surprenantes qu'elles frôlent non pas le génie, mais le « super génie », que la DIA nomme « conscience agashique ». Sur ce registre, la notion de talent, de don, est désuète. Elle limite l'aptitude à un spectre restreint, tandis que ces êtres ont une émanation de la conscience dépassant toutes les structures connues. La DIA a su en repérer le principe à travers quelques rencontres parmi ses agents ou chercheurs pour la finesse de leurs compétences, parfois ignorants de leur singulière personnalité. Mais qui, après quelques tests plus poussés, bien plus ardus, à la demande d'un des anciens directeurs, lui-même concerné, mais à moindre efficience, ont su s'affranchir des barrières de ces tests. Certains avaient même osé, au cours des nombreuses séances, en améliorer la pertinence.

Pour l'assistante sociale, Lilith allait encore au-delà des attentes de la DIA. Elle en était convaincue. Aussi, perdre la trace de cette famille lui était insupportable. Hormis de voir s'éloigner un précieux atout pour sa propre promotion (puisqu'elle ne manquait pas d'ambition) - car elle souhaitait travailler directement avec cet organisme - la disparition de la fillette privait la DIA d'un élément extrêmement précieux. Malgré ses recherches, aidée de la CIA, la famille de Lilith avait su disparaître. Pas de trace d'achats, de déplacement, de location de voiture ou appartement, ni même aux différents services de santé. Elle s'en voulut d'avoir tardé à prendre la décision du deuxième rendez-vous, d'autres dossiers pourtant moins intéressants, l'avait retenue. Elle en voulait aussi à son administration du manque de personnels. La surcharge de travail ralentissait son action, ce qui lui était insupportable.

S'il est une administration qui ne connaît pas cette crise, c'est bien la DIA. Les agents sont en nombre, ils sont plus que compétents, réactifs, intelligents, et même créatifs, c'est dire. Son directeur le général Scott D. Berrier les met sous une pression digne des abysses sans en ressentir les effets, ou presque. Là, maintenant, sa colère était à la hauteur de son grade. Le directeur de la DARPA, Louis Rivière se tenait devant lui, debout, pas loin d'être au garde-à-vous, tandis que le général terminait une conversation téléphonique. Outré de ce qui venait d'être confirmé, il raccrocha et désigna d'un geste explosif le siège devant son bureau. Louis Rivière demeura un instant debout. Il n'était pas certain de vouloir s'asseoir. Il préférait affronter la tempête avec le plus de panache possible quand bien même il se savait tremblant.

– Je vous demande de vous asseoir ! ordonna-t-il.

Fauteuil contemporain, inconfortable à souhait. Face à lui, la fenêtre laissait passer une lumière crue, douloureuse aux yeux, ne laissant distinguer que la silhouette du général. Évidemment, s'était voulu. Ce dernier prit le temps de lire les expressions de Louis Rivière qui refusait de s'effondrer sur son fauteuil.

– Votre collaborateur m'a remis un rapport édifiant. Je ne vous connaîtrais pas je vous aurais viré sur-le-champ. Vous allez donc me raconter avec précision et absolue honnêteté ce qui s'est passé, et m'expliquer également ce qu'a été capable de produire ce processeur. Ce que j'ai lu, je ne peux le croire.

Mais que pourrait bien raconter Louis Rivière ? Le rapport spécifiait bien les stupéfiantes performances du processeur. Il pouvait donc se raccrocher sur ce récit comme on s'agrippe à un rocher avant qu'une déferlante ne vous emporte. Ce qu'il fit, mais l'impatience du général montait d'un cran.

– Ce n'est pas ce que je veux entendre. Si ces performances complètement folles sont réelles, et je ne vois pas comment elle pourrait l'être, il y a un moyen très simple de le vérifier, en faisant tourner cet ordinateur. Non, ce que je veux savoir c'est pourquoi il était ouvert et partiellement démonté sur votre bureau avec le processeur totalement détruit !

Louis Rivière ferma les yeux, cherchant une ressource quelconque pour expliquer ce qui s'est passé chez Stacy Collins. Il comprit qu'il devra la rendre seule responsable de la destruction des petites sphères.

– Il y a quelques jours, j'ai pris l'initiative d'aller la voir…

– Vous ne m'en avez pas informé.

– Je suis le directeur de la DARPA, je n'ai à rendre de compte de mes décisions qu'à moi-même, se permit-il de répondre.

– La DARPA est une antenne de mon service, ne l'oubliez pas !

– Oui, mais elle reste indépendante dans son fonctionnement.

– On ne va pas revenir sur nos différents. Donc vous rencontrez cette femme qui a créé ce processeur, d'accord, mais ça ne me dit toujours pas pourquoi il a été trouvé sur votre bureau, totalement en miette.

Louis Rivière ne parviendra pas à convaincre le général de l'impossible.

– J'ai voulu lui demander comment elle avait procédé...

– Vous n'êtes pas informaticien, alors que faisiez-vous là-bas ?

Il inspira profondément et se lança.

– En fait, elle ignorait les performances de son invention. Elle savait que ça tournait incroyablement vite, mais ne connaissait pas ce que même une I.A. ne peut faire, comprendre son environnement, capter les pensées, répondre avec une précision effrayante.

– Et vous lui avez dévoilé ce qui aurait dû rester secret dans nos services ? Bon, je reviendrais là-dessus plus tard. Et ensuite ?

– Quand elle a compris le cataclysme à venir, elle a détruit les quelques processeurs qu'elle avait en stock !

– D'accord, mais comment celui qui était dans votre bureau a-t-il été mis en morceau ?

Louis Rivière qui pressentait sa carrière compromise ne pouvait plus se taire. Dans un dernier élan, il déclara :

– Il lui en restait neuf, elle a pris un marteau et en détruisit un, et tous les autres se brisèrent en même temps, sans aucun contact. Je n'en revenais pas. Lorsque je suis retourné à la DARPA, j'ai ressorti l'ordinateur de mon coffre. Je voulais savoir si ce processeur avait subi la même destruction, mais à distance. C'est à ce moment que mon collaborateur est entré dans mon bureau.

Le général s'appuya sur le dossier de son fauteuil, paru réfléchir, mais ne réfléchissait pas, il fulminait.

– Rien que ça ? Une destruction à distance. J'ai l'impression d'entendre un gosse inventer n'importe quoi pour s'éviter une punition. Enfin, vous êtes d'une autre stature tout de même ?

La vexation est un terme bien mince pour exprimer les sentiments qui lui brûlaient le ventre.

– Mais rien ne va dans cette affaire, reprit Louis Rivière, ou tout du moins il existe une certaine cohérence entre les capacités hallucinantes du processeur et le fait de sa destruction à distance. C'est complètement fou, j'en conviens, aussi la destruction à distance du processeur ne m'a pas totalement surpris.

Louis Rivière déteste ces silences comme avant une condamnation. Quand bien même le général accepterait sa version, reste qu'il a trahi la maison en livrant ce qui aurait dû rester secret et qui a eu pour conséquence la destruction d'un équipement qui, probablement, aurait permis au pays de prendre le pas sur la Russie ou la Chine. Il maudit aussi la bonne conscience de cette informaticienne.

– OK, je vais mener ma propre enquête sur cette femme. De votre côté, attendez-vous à passer devant un tribunal, la divulgation d'informations secrètes est lourdement condamnée, vous le savez pertinemment. Je ne comprends même pas que vous ayez eu la faiblesse de le faire, à moins que vous partagiez l'opinion de cette femme, ce qui serait une circonstance aggravante. Ce qui me convainc que vous n'avez plus votre place parmi nous.

Tremblant autant de peur que d'indignation Louis Rivière rappela que cette information n'avait fait l'objet d'aucun classement, donc sa divulgation n'entrait pas dans le cadre d'une information secrète.

Il se leva, quitta le bureau sans un regard pour le général, et dans un effort quasi surhumain, ferma la porte tout en douceur.

« Maintenant, il faut que je m'occupe de cette famille new-yorkaise disparue de nos radars ».

Quelques jours plus tard, il apprit la démission de Louis Rivière qui ne se sentait plus en phase avec son administration.

## Révélation

Sous l'impulsion de l'Être, Ethan et Amiah ont convenu que son exceptionnel talent « xenoglossique » devait être mis au service des autres. Mais il lui a fallu du temps pour l'accepter et surtout accueillir toutes ces langues qui bouleversaient son existence. Avec le temps, il est parvenu à stabiliser sa pensée pour ne plus être emporté par ces sonorités étrangères qui lui devenaient familières. Une langue est ce qui définit un peuple, sa culture, sa conscience collective. À lui seul, Ethan les réunissait toutes. Il porte en lui une forme d'universalité dont avait tant besoin une terre en souffrance. Lisser non pas les différences, mais l'écueil de la différence. Il le comprenait si bien après des semaines à s'arracher les neurones sur ce sujet. Sa crainte ? Être considéré comme un phénomène de foire, avec tous les processus de fascination et même de rejet que cela pouvait nécessairement impliquer. Refus absolu d'être mis en avant. Puisque sa femme est linguiste, c'est elle qui fera les propositions de traductions sur les écritures en cours sur lesquelles ses confrères mènent une marche forcée pour en comprendre la nature. Le Champollion des temps modernes sera d'une discrétion absolue tandis qu'Amiah en recevra les lauriers.

– À toi les louanges, les congrès, car à n'en pas douter il y en aura beaucoup, les conférences aussi. Ta vie va radicalement changer. Mais il te faudra avancer avec lenteur pour que tu ne sois pas, de ton côté, prise pour un phénomène. Du mien, je vais écrire ce qui me passe par la tête, traduire les langues improbables, celles d'ici, connues, mais sans décryptage, celle de nos très lointains ancêtres, et même ailleurs, sur d'autres mondes. Je sens que ça va me prendre toute une vie. Je devrais présenter le résultat de mon travail, mais sous la forme d'un roman, celle d'un homme qui serait sous le coup d'une soudaine xénoglossie… ça te rappelle quelqu'un ?

– Mais l'écriture ne doit se faire qu'avec une langue !

– Évidemment, je pense même qu'écrire réclamant une concentration que nous n'avons pas en parlant, devrait me permettre d'être absolument constant malgré la fatigue que ça va engendrer. Car je sens que je vais y mettre toute mon énergie et beaucoup de mon temps.

– Au point de m'oublier ?

– Va savoir !

Pour l'Être, l'étape se révélait importante. Certains textes très anciens contiennent de précieuses informations dont pourrait bénéficier ce siècle. À la naissance des premières et grandes civilisations, des sages, des philosophes ont émergé pour en consolider les structures. Mais beaucoup de leurs écrits ont disparu : l'oubli, les guerres, la destruction de bibliothèques comme celle d'Alexandrie qui a vu la disparition de près de 70 000 ouvrages ou rouleaux, ont eu raison du savoir. Un drame !

Ethan se mit à écrire et à traduire à en perdre le sommeil, comme pour se délivrer de toutes ces langues venues l'habiter comme le ferait un esprit, un elfe, un djinn surgit des sables d'un désert. Il se mit à écrire et fut surpris d'y prendre goût, lui le scientifique et ses rapports aussi neutres qu'une eau distillée.

Après des mois, il dit à Amiah « Le besoin d'écrire s'impose à moi. J'en suis le premier surpris. Prendre ce moment si particulier de l'écriture comme une intimité entre deux consciences, l'auteur et le lecteur. C'est incroyable cette sensation. Je ne savais pas que ça pouvait exister. Écrire dans le silence des mots. Écouter ainsi les mouvements lents et majestueux du cœur, car je ne fais pas que traduire. Écrire comme un murmure de l'âme. J'aime ces instants fous de légèreté, une profonde apesanteur, un état de grâce, une félicité des sens.

J'apprends à aimer dire avec des mots inscrits, et non plus avec les paroles qui perdent leur vibration une fois dites, même si leurs sens nous touchent avec la puissance d'un orage doux, et ses souffles d'air si chauds, si sensuels, qui nous fouillent le cœur et le corps.

Écrire, chercher le mot juste, une méditation le temps de la rédaction, comme une rencontre plus profonde avec notre être le plus secret, lui qui sait, en fait, la vraie nature de ce qui est vécu. Piocher dans ce vivier de sensations, en extraire des bulles de sens, d'incroyables vibrations qui font une symphonie incarnée par des mots qui iront de moi à l'autre, cet inconnu attentif, et qui viendront effleurer les ondes sensibles de son être, et susciteront davantage que ce qui est dit. Parce que les mots portent davantage que le simple message de leur seule définition. Ils créent une pensée codée dans un texte lu hâtivement, où le sens premier se perd. Et lui, l'être réel à l'écoute, est le seul capable de le retraduire en langage d'âme, la langue des anges, celui des cordes les plus sensibles, les plus vibrantes.

Le temps de l'écrit est celui de l'infini, du non-temps, là où nous sommes vraiment, là où nous existons vraiment. Nous sommes les narrateurs de notre propre existence, à nous de rêver un récit majestueux ».

Sa femme n'a su que répondre. Pas de réponse à apporter en fait. La transformation d'Ethan ne l'a pas tout à fait surprise, mais l'ampleur, si ! Les bienfaits de la xénoglossie ? Elle n'y aurait pas cru si on lui avait dit en Islande.

Grâce au don d'Ethan, sa première intervention porta sur l'écriture de l'Île de Pâques, le Rongorongo, découverte sur des tablettes de bois gravé, auprès de ses confrères qui se sont évidemment interrogés sur sa méthode. D'autres ont douté de la valeur de la traduction dans la mesure où il était impossible d'en vérifier la pertinence. En effet, cette écriture n'a été conçue à partir d'aucun modèle. Sans référence, pas de traduction possible, pas d'expertise possible non plus. Les experts en linguistique se sont brisé les yeux durant des décennies à comprendre les 400 glyphes aux motifs géométriques, et une linguiste parfaitement inconnue y parviendrait ? Consternée par ces quelques réticences, Amiah proposa, après coup, une traduction sur un écrit en chinois ancien, le Pinyin, en partie compris, mais en lui apportant des précisions permettant une bien meilleure compréhension du texte. Ce qui lui valut d'être prise à peu près au sérieux.

Ethan rayonnait, Amiah s'épuisait de conférence en conférence.

Il prit le temps d'aller rendre visite à Stacy qui la savait délivrée de la nuée de journalistes (les scoops ne durent que le temps d'un caprice) et la découvrait, à chaque fois, pensive devant une petite boîte sombre sur la table basse du salon.
Son expérience islandaise transformait Ethan. La nécessité de s'éduquer à se recentrer avait également développé une sensibilité au monde qu'il n'avait jamais vraiment eu, et avec elle une meilleure écoute. Stacy appréciait cette nouvelle faculté. Elle avait besoin d'un ami, mais surtout d'un ami éveillé à ses propres sens. Tout son être appelait son aide. Une rareté chez elle que d'être ainsi démunie.
– Qu'est-ce que je peux faire ? demanda-t-il.
Elle quitta des yeux la petite boîte et se plongea dans le regard de son ami.
– Il est temps que je dise tout. Je n'ai plus la force de garder mon secret.

Elle évoqua l'Être et son étrange faculté de couvrir son hôte de sa présence, de se saisir de sa voix et de ses gestes. D'être capable d'une conversation en présence d'un corps dont le véritable « propriétaire » était en retrait, comme en attente d'en reprendre le contrôle. Elle aborda les différentes expériences qui ont bouleversé sa vie, la perception qu'elle en avait, la compréhension même de ce qu'est le vivant, la matière, l'énergie. Ces événements qui auraient pu lui valoir un séjour assez long dans un hôpital psychiatrique, Ethan les a reçus comme un fait. Quelques mois plus tôt, il les aurait rejetés avec toute la délicatesse dont il est capable. Son expérience islandaise a su ouvrir des portes.

– Mais le plus invraisemblable est ailleurs, dit-elle en se saisissant de la petite boîte noire. Je n'ai rien inventé. Je suis bien incapable de concevoir un microprocesseur aussi performant.

– Alors, qui en est l'auteur ?

– Ce que je tiens dans la main !

Ethan s'approcha, se saisit de la petite boîte. Stacy le laissa faire. La retourna tout en cherchant une inscription, une marque, une date, n'importe quoi qui puisse en indiquer l'origine. Seul un graphisme technique apparaissait sur le dos.

– C'est ça le microprocesseur ? C'est bien plus gros que je ne le pensais.

– Non, c'est lui qui le fabrique. Il me suffit de penser les principes généraux de ce que je veux, je la pose sur la tranche et elle le fait. Ne me demande pas comment, je l'ignore. C'est l'Être qui me l'a fait parvenir.

Ethan la posa vivement sur la table basse, comme si elle allait lui geler les doigts.

– Je ne sais même pas quoi te dire, déclara-t-il. C'est de la magie !

– Non, une autre forme de science, mais il faudra peut-être attendre mille ans avant de la maîtriser.

– En tout cas, ça fonctionne.

– Oui et non. J'ai eu la visite du directeur de la DARPA, l'agence pour les projets de recherche avancée de la défense. « Mon » processeur était capable de faire tourner l'ordinateur comme s'il été habiter d'une I.A. super forte, capable de deviner son environnement, de restituer des conversations, d'en comprendre le sens, et même de fouiller, je ne sais pas comment, dans les dossiers physiques de ce directeur.

– Une sorte d'ordinateur voyant ?

– Je ne l'aurais pas dit ainsi, mais oui. Louis Rivière, le directeur, m'a demandé de le détruire alors que sa mission était surtout de le garder, le reproduire et le promouvoir pour ses services et ceux de toute agence de renseignement.

– Alors pourquoi cette demande ?

– Manifestement, un homme qui a encore un fond de conscience.

– Et qu'as-tu fait ?

– J'ai pris un marteau j'ai brisé l'un des processeurs, les autres se sont aussitôt autodétruits. Je ne sais même pas comment.

– Tout est bien dans ce cas, où est le problème, car je vois bien que ça ne va pas ?

Stacy était au bord des larmes. Respiration profonde pour se calmer, puis elle dit :

– L'Être me demande d'en refaire un, mais j'ai peur du résultat. Il me dit que c'est dépendant de l'état d'esprit dans lequel je suis, c'est comme s'il était imprégné de ma propre nature, et je ne connais pas vraiment cette nature, ni ces ombres que j'esquive depuis tant d'années. Je crains que le nouveau processeur soit pire que je précédent. Je crains surtout d'être incapable d'être cette femme quasi parfaite qu'il faudrait que je sois pour produire un microprocesseur digne d'être utile à l'humanité. Car il s'agit bien de cela.

Ethan fit une pose. Il la comprenait. Elle, si souvent dure avec les autres, l'est avec elle-même évidemment. Elle si curieuse, si méfiante et si craintive.

– Il faudrait que tu te fasses accompagner.

– Par qui ?

– Un psy !

– Mais il n'y connaisse rien en processeur ! déclara-t-elle en riant.

– Au moins du ris !

– Oui, mais ça ne résout pas mon problème, c'est maintenant que je dois le faire pas après des années d'analyse.
– Je ne vois qu'une solution, demander le soutien de l'Être. Il ne peut pas te refuser ça.
– Si ! Il en est bien capable. Il est bienveillant, mais inflexible.
– Alors peut-être que nous pourrions y participer, mêler nos pensées à la tienne.
– Peut-être, je ne sais plus quoi penser !

**Espion psy**

Le major Paul H. Smith prit place dans l'unique fauteuil de la salle de scannage, ferma les yeux, fit une suite de respiration profonde et se détendit durant une bonne dizaine de minutes. Lorsqu'il rouvrit les yeux, il vit un opérateur lui tendre une enveloppe dont il se saisit. Mais avant de l'ouvrir, il ferma de nouveau les yeux, l'enveloppe contre sa poitrine, hocha la tête, fixa l'enveloppe de couleur brune, l'ouvrit et en sortit une feuille qu'il déplia. Il lut ce qui correspondrait à des coordonnées GPS, sauf que ces dernières ne menaient nulle part. Un simple tremplin pour ce qui allait suivre : une recherche, celle de la famille de Lilith.

Le programme de vision à distance Grill Flame au sein de la DIA, pour la CIA qui en avait fait la demande avec le soutien de l'Institut de Recherche de Stanford (le SRI) menant des études approfondies sur les phénomènes parapsychologiques, est l'un des programmes les plus secrets lancés à l'époque par le Pentagone. Au fil des années, le programme a changé plusieurs fois de nom tout en gardant sa fonction première, former des espions psy et les employer là ou l'espionnage traditionnel peine à trouver des informations. Dans le renseignement, il y a les humains sur le terrain (Humint), l'espionnage photographique (Photint), l'étude des signaux électriques, radio, téléphone (Signint), l'espionnage des communications (Comint), l'espionnage électronique, comme la signature radar de l'ennemi (Elint) et enfin l'espionnage psychique (Psi-int).

Les forces spéciales de l'unité de commandos Delta Force se sont souvent appuyées sur leurs informations lors de leurs interventions sur le terrain. Elles devaient être suffisamment précises pour ne pas les mettre en danger.

L'un des grands promoteurs d'un tel programme fut le Major général Albert Tsubblebine, responsable du renseignement de l'armée. Mais il était loin de faire l'unanimité au sein de la CIA quand bien même cette agence l'a appuyé pour le développement de cette section singulière de l'espionnage. L'univers psychique n'est pas inclus dans la culture occidentale quand elle fait partie intégrante dans la culture orientale. Il est vrai que le travail des « visualiseurs » à distance s'est souvent révélé flou donc suffisamment imprécis pour ne rendre service à personne, mais parfois, le résultat était époustouflant de données détaillées que, malgré une moyenne assez faible de résultats, la CIA ne voulait en aucun cas perdre les plus précieuses. Un exemple : la détection d'un tout nouveau et impressionnant sous-marin soviétique, décrit avec une précision que seul un visiteur physique aurait pu apporter. Sous-marin découvert des années plus tard. Il existe tant d'autres exemples de cette qualité, mais noyés sous un flot de recherches infructueuses.

Le major Paul H. Smith prit un stylo et commença par dessiner un lieu tandis qu'il exprimait ses sensations tant physiques qu'émotionnelles. Il ressentit un équilibre particulier entre les membres de la famille, ainsi qu'une puissante énergie se dégageant de l'un d'eux sans parvenir à en connaître la source. Il décrivait et dessinait en même temps une plage, un climat chaud, une mer froide, de petites maisons le long d'un boulevard, mais fut incapable d'être plus précis dans la localisation de la ville décrite. Toutefois, il vit que le soleil se couchait du côté de l'océan, c'était donc la côte Est des États-Unis. Il fouilla la cité, vit une église qu'il décrivit de son mieux, mais dans ces régions chaudes elles se ressemblent beaucoup. Puis un théâtre dont la description se révélera plus fructueuse. Quelques parcs dont un parfaitement circulaire et de petites dimensions, ainsi qu'un autre plus vaste, plongeant presque dans l'océan. Après une petite heure d'exploration psychique, il s'endormit. Il était d'ailleurs le seul parmi les quatorze « visualiseurs » à s'assoupir après une séance. L'opérateur se saisit le plus délicatement possible du dessin du major, dessin dont il fit une copie avant de le glisser dans une enveloppe avec l'enregistrement. Elle fut envoyée au successeur de Louis Rivière à la DARPA, tandis que la copie du dessin et les quelques annotations de l'opérateur ont été déposées dans une pièce sécurisée avec tous les autres dossiers.

Bien qu'il ne fût plus en fonction, Louis Rivière était parvenu à récupérer une copie du « scan » du major ; il avait gardé quelques contacts désolés de son départ. Trop imprécise à son goût, il convoqua l'espion psy.

La maison de brique blanche sur les hauteurs de Georgetown au 4343 Garfield Street, et le porche doté d'un fronton soutenu par deux colonnes, impressionnèrent Paul H. Smith. Le fait de devoir rencontrer le directeur démissionnaire de la DARPA, le tétanisait, aussi lorsqu'il dut monter les quelques marches qui menaient à la porte il a dû reprendre son souffle, souffle qu'il retint lorsqu'il sonna brièvement, comme une esquive, avec l'espoir que le directeur n'ait pas entendu le tintement. « Pourquoi veut-il me voir ? se dit-il. Aurais-je fait une erreur ? Laquelle ? » La porte s'ouvrit. Il ne l'avait jamais rencontré, aussi fut-il surpris par la taille et la corpulence de l'homme. Il fit un pas en arrière et faillit tomber en ratant une marche. Louis Rivière le rattrapa et lui dit sur le ton de la plaisanterie :

– Je sais, je fais toujours cet effet-là la première fois !

Puis il prit le couloir et s'installa dans le salon, sans avoir invité le major Smith.

– Qu'est-ce que vous attendez, venez. Je ne suis plus militaire donc je n'ai pas à vous dire ce que vous devez faire !

Le pauvre soldat, simple major, tremblant de tous ses galons, s'approcha du général tête baissée et attendit, la posture penaude, que ce dernier se décida à lui lancer un de ses ordres à vous transformer en statue de sel. Mais rien ne vint, si ce n'est une invite à s'asseoir presque sur le ton de l'amitié.

– Je suis désolé de vous avoir accueilli avec cette brutalité, mais je passe des moments compliqués.

Le major se contenta du silence qui lui faisait le plus grand bien, sorte d'univers cotonneux fait de pas grand-chose.

Louis Rivière observa le doux naufrage de son invité et lui demanda :

– À quel moment allez-vous sortir de votre coma ? J'ai besoin d'informations !

– Évidemment, évidemment, répondit-il en se penchant en avant comme pour mieux affronter le colosse. Mais j'ignore ce que je fais ici.

La phrase à ne pas dire ! Le directeur se leva pour ne pas imploser, il ne supportait pas les mous et celui-là devait être un maître de sa catégorie. Il se servit d'un verre d'eau, car l'alcool nuit au commandement, et posa un autre verre à côté de sa victime.

– Votre activité est confidentielle, la mienne également malgré tout, on va donc se partager tout ce qu'on n'est pas sensé dire à quiconque sauf à votre responsable.

– Mais vous n'êtes plus mon responsable, osa-t-il répondre sans même s'en être rendu compte. Oh ! Excusez-moi, mais je dois vous dire que vous me mettez mal à l'aise.

– Enfin de la franchise, on va pouvoir commencer. Vous êtes ici parce que vous avez scanné psychiquement un lieu. Je ne suis pas très friand de ces méthodes marginales que j'ai toujours considérées plus proches du cirque que de la science. Mais apparemment quelques résultats ont permis d'en valider la valeur. Je voudrais que vous me décriviez très exactement ce que vous avez vu. J'ai une copie de votre dessin ainsi que l'enregistrement de la séance, mais j'en veux davantage.

– J'ai tout dit et écrit sur ce que j'ai vu et ressenti.

– Ce que je veux c'est ce que vous n'avez pas dit, car vous avez pu malgré tout percevoir un détail important sans le savoir. Vous allez rester ici autant qu'il le faudra, quitte à demander de vous mettre sous hypnose.

– Non, pas l'hypnose, répondit-il comme s'il s'agissait d'une punition.

– Comment ça pas d'hypnose ? Vous n'aurez pas le choix si rien ne sort de notre conversation !

Et il le questionna longuement, le major réalisant la prouesse de retrouver quelques éléments qui lui avaient échappés lors du « scannage ». Il avait repéré l'institut Jung avec l'inscription sur le front « *Chaque pas dans la conscience est un créateur de monde* », mais la plupart des grandes villes en accueillaient un. L'information était sans valeur. Mais en affinant sa visualisation, il put retrouver le nom du théâtre qu'il avait vu, le Lamb's Players Theatre. La crainte de décevoir peut, parfois, se révéler efficace.

Louis Rivière se saisit de son ordinateur, tapa ce nom et découvrit la ville de Coronado.

– Ils sont là, je n'en reviens pas, j'ai même dû les côtoyer sans le savoir en allant voir l'informaticienne. Je dois y retourner.

Il congédia le major qui parvint à ne pas se prendre les pieds dans le tapis de l'entrée. Il appela une compagnie aérienne pour un billet et prépara sa valise. Il comptait bien rester quelque temps là-bas.

## Le chiffreur fou

La sensibilité d'Ethan ne cessait de se développer à mesure qu'il traduisait et écrivait, ainsi qu'une certaine instabilité de caractère qui inquiéta sa femme Amiah : il travaillait bien trop. Une véritable hystérie intellectuelle comme s'il voulait rattraper ce temps où il n'était qu'Ethan simple informaticien. Pourtant, il parvenait à rester suffisamment centré - ce qui lui demandait un effort important - pour garder tout entier sa langue natale. Elle voulut en parler à Stacy qui n'était pas en état de lui répondre. Depuis leur séjour en Islande, son univers se délitait sans en comprendre le sens puisqu' Ethan ne lui avait rien dit de la conversation avec son amie. Amiah si rationnelle n'aurait pu l'entendre, avait-il estimé. Un matin, il se leva avec le sentiment que la journée ne serait pas ordinaire.

– Je suis incapable de travailler aujourd'hui. Il faut que je sorte !

– Que souhaites-tu faire ?

– Je n'en ai aucune idée. Une impression, seulement une impression de devoir être disponible. Je ne peux pas te l'expliquer. C'est comme une force intérieure qui me dit d'être ailleurs que là.

Amiah se rapprocha de son mari, face à lui elle se saisit de ses mains comme pour prendre la mesure de son stress.

– Je ne sais pas ce qui se passe, mais tu m'inquiètes vraiment.

Elle vit le regard d'Ethan changer d'expression, rien de très fort, comme une nouvelle présence dans les yeux, quelque chose de très doux, de très apaisant. Elle ressentit les frissons de son mari dans ses mains.

– Qu'est-ce qui t'arrive ?

– Il faut que je sorte. Je vais marcher, ne m'attends pas !

Il se dirigea vers la maison de Stacy qui l'attendait. Elle ne s'impatientait pas, ce qui lui était très inhabituel. Lorsqu'elle le vit, elle comprit qu'il n'était pas venu seul, avec cette différence que l'Être n'occupait que partiellement le corps d'Ethan. À travers sa voix, il dit à Stacy :

– Il est important qu'il soit également présent à ce qui va se dérouler dans quelques heures, mais j'ai besoin d'être là avec lui pour parvenir le plus naturellement possible à ce rendez-vous. Si je devais passer directement par la personne que nous allons voir, son patient saura que la situation n'est pas habituelle et il se fermera. Ce qu'il a à dire est important pour vous, sur le fonctionnement profond de la matière, afin de parfaire en esprit votre processeur. Et, rassurez-vous, vous ne serez pas seule à le réaliser. Je vous expliquerai plus tard.

Ethan fut surpris. Il eut l'impression que quelqu'un s'était saisi de son larynx, de sa langue, de sa bouche tout entière avec une infinie douceur, sans parvenir à échapper à ce qu'il ressentit comme une étreinte presque sensuelle. Il se vit prendre son téléphone, et appeler un de ses amis psychiatres travaillant à l'hôpital psychiatrique de San

Diego au service d'intervention d'urgence. Il accepta le jeu. Il n'était plus à une surprise près.

– William, j'ai besoin que tu me rendes service. Il est impératif que je vienne voir le patient qui vient d'arriver, celui que vous avez déjà surnommé le « chiffreur ».

– Comment peux-tu connaître ce patient, il est arrivé hier soir. Et pourquoi veux-tu le voir ?

– Je te demande de me faire confiance, je ne peux pas tout t'expliquer maintenant, mais c'est vraiment important.

– Ethan, ce n'est pas dans nos habitudes, surtout pour un patient très perturbé qu'on doit isoler pour son bien-être.

– Je viens avec Stacy que tu connais, on se mettra en retrait lorsque tu iras le consulter. On sera totalement transparent, accorde-moi ce service.

– Il n'en est pas question, c'est contraire à tous nos protocoles.

– On arrive !

Et il raccrocha.

– Qu'est-ce qu'on va faire là-bas ? demanda Stacy.

– Aucune idée. J'ai bien entendu ce que j'ai dit. Je t'ai parlé en arrivant chez toi, mais ce n'étaient pas mes mots. Je sais que c'est en lien avec ce que tu m'as révélé.

Elle ne répondit pas, pris ses clefs de voiture et invita Ethan à sortir de la maison.

L'hôpital psychiatrique rue Rosecrans Street se révélait être un modeste bâtiment qui rassura Ethan. Il détestait les hôpitaux, et il mettait les pieds dans le monde de la psychiatrie pour la première fois. En lui, une présence apaisante lui permettait de dominer son aversion, mais le frisson, lui, n'avait pas disparu.

Évidemment, l'accueil de William fut glacial. Ethan s'approcha de son ami et lui parla d'une voix si vibrante qu'il ne reconnut pas la sienne. Il, accepta d'être ainsi dépossédé de cette voix grave dont il était si fier. William fut le plus surpris des trois d'accepter une visite qui ne devait se dérouler que dans quelques heures. Il haussa les épaules puis les invita à le suivre.

– Je ne veux pas vous entendre. J'ignore ce que vous voulez à cet homme, mais vous restez le plus loin possible, dernière moi. On est d'accord ?


La porte fut refermée avec une infinie délicatesse. William souhaitait une approche tout en silence et geste mesuré. Il se saisit d'une chaise, tandis que Stacy et Ethan restèrent debout, le dos contre le mur, impressionné par l'austérité de la chambre et l'ambiance qui s'en dégageait. William attendit que le patient se redressât sur son lit. Comme deux chorégraphes, ils s'assirent dans un même mouvement. Avant de prendre la parole, le médecin évalua l'état psychologique du "chiffreur", surnom que les infirmiers lui avaient donné.

Il paraissait calme. Il lui posa une première question :
– Connaissez-vous les raisons de votre présence ici ?

Évidemment, le patient était dans ses pensées, une véritable navigation au long cours. Bien qu'épuisé il répondit :
– Un serpent de mer gigantesque !
Puis plus rien, le regard semblant admirer une abstraction.
– Pouvez-vous m'en dire davantage ?
Le chiffreur revint à lui comme s'il sortait d'un lourd cumulus, les yeux pris dans une toile lumineuse.

– C'est plus qu'un monstre, un mythe sur lequel l'humanité tente depuis des siècles de saisir la véritable nature. Je l'ai sous les yeux depuis des années et je n'en comprends le sens que maintenant. Une chasse si longue. Une véritable traque pour maîtriser ce géant. Il fut une obsession, un délire. Je m'étais interdit de disparaître avant d'en déchiffrer l'âme, sa structure secrète aussi curieuse que ces longs couloirs sous les pyramides d'Égypte qui ne mènent nulle part, mais dont l'utilité fut évidente pour les bâtisseurs. Ce que j'ai sous les yeux, m'apparaît être un organe mort, un acte fossile. Un écho très ancien que nous ne sommes plus capables d'entendre. Objet à usage unique posé là pour la postérité. Plus tard, bien plus tard, des chercheurs déblaieront son squelette, le dégageant de la poussière des hommes, poussière d'oubli.
Nouveau silence, respiration haletante. Il vient de parcourir un marathon. Le médecin intervint :

– Je vous propose de prendre ces pilules, elles vous aideront. Je reviendrai un peu plus tard.

Ce que ne voulait ni Stacy ni Ethan qui reprenait pleinement ses esprits.

Mais le patient fit un geste vif et reprit son discours.

– Tout d'abord, j'ai eu une intuition, plus précisément une sensation, un simple sentiment. Cette chose n'est pas qu'une somme d'infinies possibilités telle que présentée par mes contemporains. Mais l'inspiration s'est dissipée comme un mauvais brouillard. Il m'a fallu plusieurs années à manipuler ce squelette du début du monde - cette "chose" stupéfiante dont on n'a étudié que la surface - pour créer une véritable intimité. De lui à moi, de moi à lui.

Le psy intervient de nouveau.

– Je vais vous demander d'avaler ces pilules. Si vous ne le faites pas, je vais devoir appeler les infirmiers, ce sera moins agréable.

Il regretta cette menace, mais le chiffreur se laissait emporter par son discours, tendit ses mains mimant les circonvolutions d'un serpent géant.

– Plus tard les médicaments. Je vous en prie, écoutez-moi vraiment !

Le médecin accepta cette requête. Il y décela une pointe de lucidité. Une porte s'entrouvrait peut-être.

– Nous nous sommes contentés du plus abordable, estimant que plus loin ou plus profond ne pouvait exister sur le simple fait que nous ne pouvions pas y accéder. C'était aussi stupide que d'affirmer que les météorites ne pouvaient exister puisqu'il n'y a pas de pierres dans le ciel. Si, si, cette lumineuse déclaration fut faite devant un parterre de scientifiques, mais au XVIe siècle. On leur pardonnera leur ignorance, mais pas leur fermeture d'esprit. Plusieurs siècles plus tard, nous procédons sur le même principe. C'est notre part d'ombre culturelle et intellectuelle. Mon approche est différente. Je ne me pose pas la question de savoir si c'est possible, mais en quoi ce serait impossible. L'impensable a bien eu lieu ! Lequel ? Le Big Bang !

Pourtant habitué aux propos les plus délirants, le psy fut pris de court par la tournure construite et pourtant folle du malade. Il risqua une question qui aurait pu s'assimiler à un permis de délire.
– Le Big Bang ?
– Oui, oui, avant lui même le temps n'existait pas. De rien surgit une fantastique explosion qui décoifferait plus d'un géant. De cette énergie a émergé les particules qui se sont associées pour donner des gaz stellaires, puis de la matière, du minéral, puis du végétal avec son incroyable encodage issu du "hasard", et enfin de l'organique et de la conscience. L'explication scientifique est quasi biblique. Alors, qu'est-ce qui pourrait être impossible ?
Le médecin eut un geste que le chiffreur interpréta comme une interruption.
– Non, non, je ne m'éloigne pas de ma recherche sur ce "machin", là sous mes yeux. Bien au contraire, car il pourrait

bien être la réponse recherchée. J'ai tout d'abord voulu comprendre sa structure, dérouler un à un les éléments qui le composent, comme un des rouleaux de Qumran, l'effeuiller à la manière d'un parchemin ancien avec des gants blancs et un masque de tissu sur le visage. C'est juste une image. Donc, j'ai recherché quelque chose qui serait de l'ordre du rythme comme un battement de cœur fossile, des traces de ce qui aurait permis à cette chose d'être active. Et j'ai trouvé des séquences qui me sont devenu évidentes. J'en étais émerveillé et un peu effrayé. Des séquences encore et encore. Il y avait comme un langage, un chant ancien, très ancien capable de donner vie à de la poussière d'ange.

J'ai même soumis tout un paquet d'informations, comme un paquet d'ondes, au savant brassage de mon ordinateur. Il en est ressorti une musique syncopée d'une incroyable richesse émotionnelle malgré ses rythmes soutenus.

William tenta non pas de trouver de la cohérence dans ce délire, mais d'en comprendre les mécanismes, les contenus implicites permettant de "recalibrer" la conscience du malade, tout en se tourna vers Stacy et Ethan éberlué par le discours du malade. « Mais qu'est-ce qu'on fait là ? se demanda Stacy ». Le médecin eut la surprise de s'intéresser non plus sur la forme, mais sur le fond aux propos du chiffreur. Puis il se ressaisit en présentant de nouveau les fameuses pilules, celles qui calment sans résoudre, celles qui ne sont pas même une promesse de guérison, celles qui protègent surtout le médecin des envolées parfois agressives d'un schizophrène.

Mais le chiffreur n'en tint pas compte. Le psy faillit appeler les infirmiers, mais sa curiosité, si peu professionnelle à ce moment-là, eut le dessus. La, présence d'Ethan et de son amie en sont peut-être la cause.

– Une autre expérience. En étalant sa structure comme on le ferait avec une pâte à gâteau, j'ai recherché des graphismes. J'ai suspecté qu'il y en avait. Ma crainte ? Ne découvrir que ce ma conscience voulait voir à la manière du test de Rorschach et ses taches papillons. J'en ai trouvé (pas les papillons, mais les schémas). Étais-je en pleine crise de paréidolie ? Je ne voulais pas le croire. J'en ai trouvé et je me suis méfié. Mais - j'adore ces "mais" qui tempèrent si bien le doute - je me suis souvenu de mes lectures concernant la mécanique quantique. En effet, l'observateur influe sur le résultat de la recherche. Quand on manipule si profondément la structure de l'existant, nous ne pouvons pas nous extraire de cette situation puisque nous en faisons partie. Dès lors j'ai accepté que ma réponse pût être subjective.

J'ai ainsi compris qu'il y avait un lien profond entre ce "truc" aux dimensions phénoménales et nous, la vie, le vivant, mais aussi le sensible, la conscience, le pouvoir créatif...

Le psy estima que les schizophrènes étaient capables de discours très construits. Mais les prémisses sont toujours erronées, les propos en deviennent naturellement déviants. Il reconnaissait toutefois à son patient une forme d'intelligence, tout au moins, une aptitude intellectuelle probante. Pouvait-il le laisser poursuivre son délire sans dégât ? Il l'ignorait, mais le laissa construire sa curieuse démonstration.

– J'ai voulu aller plus loin, mais était-ce vraiment possible ? Flirter avec l'horizon, être pris de vertige, accepter aussi d'être sur une impasse parce que la démarche doit quitter l'approche purement cérébrale pour une "rencontre" plus sensible, plus subjective. Nous sommes prisonniers de la culture du fait objectif, certes précieux, mais loin d'être suffisant.

J'ai recherché des périodes, des lieux, des dates. C'était d'autant plus stupide que ces fameuses dates sont artificielles et changent d'une population à l'autre. Et pourtant ! Mais serait-ce là une simple construction mentale ? Cependant, rien n'est séparé, n'est-ce pas ? Il existe un lien intime entre soi et notre environnement. Une évidence. Alors pourquoi ce lien ne serait-il pas plus profond encore ?

Le psy se leva pour faire cesser ce raz de marée et quitta la chambre, au regret de Stacy et d'Ethan qui le suivirent. Il allait appeler les infirmiers, mais ne put résister à l'envie de l'écouter à travers la porte. Les deux visiteurs firent de même. Le chiffreur était sur une rampe de lancement prêt à conquérir la "bête". Il ne parlait pas, il clamait puis hurlait un flot de pensées. Des spasmes dans la gorge comme si quelques mots plus imposants que les autres se frayaient un difficile passage, forçant à coup d'épaule les contractions de son larynx. Une naissance !

– J'ai trouvé encore et encore. C'était de la folie. Un torrent d'indices concernant des époques lointaines, et d'autres touchant à l'histoire contemporaine. Un tourbillon, une valse de données. Et là, si près, le futur à portée de main. Je n'y ai pas mis les pieds. J'étais débordé.

Plus fou encore. J'ai découvert des bouts d'histoire, des fragments de faits qui ne nous concernaient pas. Non, je ne parle pas de "nous" en tant qu'humain ici, d'aujourd'hui. Non, mais autre chose, ailleurs, ces autres "nous" sur un autre monde, puis un autre. Là oui, j'en ai eu le vertige au point de cesser toute recherche. C'est fragile un bout d'homme !

J'ai laissé là ce nombre PI, mon invraisemblable serpent de mer vaste comme un univers avec son corps d'infinies décimales. Une liane de chiffres. J'ai compris qu'il était l'ADN du monde, un hallucinant encodage pour construire ici et ailleurs de la matière et des consciences à partir de presque rien. "Presque" à son échelle, c'est déjà immense. J'ai trouvé plus de 13,5 milliards de décimales. L'âge de notre univers. Les autres décimales encore plus nombreuses concernent d'autres univers. Mais là, je n'ai pas osé visiter leur intimité.

Puis il se tut !

Le chiffreur s'était calmé. William sourit, traversa le couloir de l'institut avec une phrase en tête comme un chant ou un hymne à la science : " Que j'aime à faire apprendre ce nombre utile aux sages ". Stacy sourit et commençait à comprendre, tandis qu'Ethan s'était perdu en chemin.

Ils quittèrent l'hôpital, Stacy toujours souriante, Ethan toujours perdu. Lui qui savait tout traduire ne sut déchiffrer le message du « chiffreur ».

Elle conduisait vite pour rejoindre son domicile, vite, mais en silence, accompagné des pensées du patient. Là, comme une danse, les ondulations du serpent.

Ils s'installèrent dans le salon, Ethan posa enfin sa question.

– Qu'est-ce qui s'est passé là-bas ? Je n'ai rien compris de ce qu'a dit ce malade.

– Il s'est passé qu'il fallait l'entendre.

– Oui, et on fait quoi de ce qu'il a dit ?

– Tant de chose. Le nombre PI n'est qu'un prétexte, un support pour ce malheureux qui a perçu, dans son délire, sa transe, sa clairvoyance peut-être, la structure de l'existant.

– La matière ?

– Non, bien plus que cela. L'existant concerne le vivant, la conscience, l'organisation de l'énergie formant la matière, la substance discrète de l'espace, du volume qu'il occupe ainsi que de celui qu'il va occuper au cours de la dilation de l'univers, déjà en place avant qu'il n'accoste sur ces nouveaux territoires. L'Être m'en a déjà donné un aperçu. Mais aussi, tout ce qui est en devenir ici, ailleurs, et même là où nos concepts flirtent avec leur limite. Imagine une vague immense arrivant sur toi, tu vois la vague, mais ne distingue pas l'océan qui l'a produite. Nous vivons dans ce bouillonnement d'eau sans distinguer ce qu'il masque. L'existant c'est aussi les intentions, les pensées, toutes les pensées, celles d'ici, celles de plus haut et de plus lointain encore. Et même ces forces, ces vibrations subtiles et inaccessibles à nos sens, à notre capacité à percevoir, à comprendre, si loin de nous en fréquence. La notion d'univers inclus ce que nous en percevons, perception évoluant à mesure que la science nous apporte de nouvelles données, et c'est si peu. En fait, je ne te parle pas de cela. Notre univers est inclus dans un tout dont on n'a aucune idée de sa nature profonde, et de ses dimensions, et j'ai même la sensation que la notion de dimension est erronée. C'est encore autre chose, tellement plus subtil et effarant. Je n'ai pas de mots à te proposer. Imagine-toi en train de tenter d'expliquer à un enfant de deux ans, la nature des étoiles et l'étendue de notre univers. Que va-t-il vraiment entendre ? Nous sommes cet enfant-là, avec des capacités à percevoir et concevoir très restreints au point de me donner l'impression de vivre dans le noir le plus complet.

    Ethan s'était gardé de l'interrompre, ne comprenant pas comment le discours de cet homme malade a pu lui apporter tant de compréhension.

– Je me rends compte maintenant que l'expérience proposée par l'Être, celle que je t'ai décrite, a en quelque sorte ouvert une porte, comme ce fut le cas dans mon coma qui n'a fait que l'entrebâiller. Lorsque j'écoutais le patient de ton ami, j'ai eu mille sensations, émotions, sentiments qui m'ont fait vibrer l'âme. Mais ce n'est pas là le plus important.

Elle se tut, Ethan s'impatientait.

– S'il te plaît, arrête de te taire comme ça, alors que je sais que tu en diras plus.

– C'est pour être certain d'avoir ton attention.

– Tu en doutes ?

– C'est pour en renouveler la « substance ».

– Je ne te comprends pas toujours, mais donne-moi la suite.

– Il me faut être en phase avec ce que patient appelle son serpent de mer, qu'il aurait pu appeler son serpent d'éther, « l'ADN » du monde. Encore une fois, ce n'est qu'une image. Nous le portons en nous. Bref, si je veux réaliser de nouveaux processeurs viables pour tous, il va falloir que je me mette en résonance avec cela, le faire vibrer en moi, le détecter, le ressentir de toute ma conscience. Ainsi, au-delà de ma psychologie et de ma personnalité et ses scories qui en polluent la conception, le microprocesseur aura une structure déjà faite de cet « ADN » évidemment, mais plus active, avec tous ses brins allumés. Cette structure se révèle être le fameux Noûs du philosophe grec Anaxagore, notion reprise et développée par Platon.

Ethan n'étant plus capable d'aucune concentration, se leva et quitta Stacy sans la saluer. C'était l'une de leurs conventions. Réduire au mieux les codes sociaux dont elle ne comprenait pas l'intérêt.

**Louis Rivière**

Lilith s'amusait dans sa chambre avec un jeu d'enfant si simple que les parents faillirent s'en inquiéter, un puzzle de quelques pièces larges comme une main. « Mon corps d'enfant réclame aussi ses jouets », avait-elle répondu à sa mère. Mais au-delà de cet objet étalé sur le sol, au-delà de l'amusement en fait sommaire que lui procurait la recherche (qui n'en était pas vraiment une) de la pièce qui correspondrait à celle qu'elle serrait fermement de ses petits doigts, elle observait leurs formes particulières leur permettant de s'associer les unes aux autres et d'offrir ainsi un tout cohérent. Elle en étudiait leurs courbes comme des vagues sur un océan de carton. Une onde appelant sa partenaire. Elle aimait ces forces d'attraction. Sa mère la vit si concentrée qu'elle crut la voir se perdre dans un de ces silences dont elle revenait parfois tremblante.

– Viens Lilith, on va se promener !

La fillette présenta la pièce de puzzle à sa mère, et lui demanda :

– Sais-tu ce que c'est ?

– Évidemment, c'est une pièce de ton jeu.

– Méfie-toi des évidences, elles trompent le regard. Qu'est-ce que ça pourrait être d'autre ?

– Je ne sais pas, un bout de carton.

La mère s'impatienta et lui dit :

– Tu ne vas pas m'interroger comme tu le fais avec les autres. Je ne suis pas eux !

Mais Lilith ne tint pas compte de la remarque.

– Un bout de carton, oui, mais surtout un bout d'image. Et qu'est-ce qu'un bout d'image ? Un morceau d'univers, une part de sa structure, et il y en a tant qui se sont retrouvés pour s'assembler et former le monde dans lequel nous vivons, ici sur terre, parfaitement incarnés, mais aussi sur des plans autrement plus subtils.

– Lilith, arrête. Tu sais bien que je ne suis pas à l'aise quand tu me racontes tout ça. J'ai accepté que tu puisses être très différente parce que je t'aime, mais je reste une mère naturellement inquiète de ton bien-être. Ton père aussi le vit comme moi.

– Mais c'est surtout moi qui suis attentif à ce que vous soyez bien. Je retiens tant de choses en moi, d'autres aptitudes que vous ne soupçonnez pas et auxquelles vous ne pourriez d'ailleurs pas croire.

– Stop, Lilith, stop. Viens te promener avec moi.

– Tu as raison, c'est le moment d'une nouvelle rencontre.

– Comment ça une nouvelle rencontre ?

– Tu verras bien !

– Bon, j'appelle ton père, il nous accompagnera.

Elle marchait si vite, presque à courir, que ses parents eurent du mal à la suivre. Après une demi-heure de ce qu'ils ont vécu comme un marathon, Lilith s'arrêta devant les tables disposées à l'extérieur du fast-food Brigantine. Elle chercha un grand homme, le vit seul et alla s'asseoir

en face de lui. Surpris, Louis Rivière se saisit de son sandwich pensant à un de ces enfants mendiants capables de chaparder un peu de nourriture. Les parents intervinrent face aux manières de leur fille.
– Nous sommes désolés, déclara la mère.
Louis Rivière allait répondre quand Lilith lui dit :
– Tu es fait des rêves que tu n'as pas su réaliser !
Il observa la fillette un long moment tandis que les parents s'attendaient à une réponse brutale de l'homme qui venait de se lever, il devait bien faire près de deux mètres. S'il avait dû intervenir, le père n'aurait pas fait le poids, mais l'homme rit, se rassit ainsi que les parents, et répondit à Lilith :
– Tu te trompes, la véritable phrase est « Nous sommes tissés de l'étoffe dont sont faits nos rêves, et notre vie est entourée de sommeil ». C'est une très belle phrase de Shakespeare. Mais c'est normal qu'à ton âge tu puisses te tromper un peu. Je suis tout de même surpris que tu la connaisses, à ta manière, mais en comprends-tu l'esprit ?
Soudain, Louis Rivière eut un soupçon, il attendait la réponse qui devait le confirmer.
– « J'ai vu tant de choses que vous ne pourriez pas croire, j'ai vu des chariots en feu jaillir de l'épaule d'Orion et des rayons fabuleux briller à l'ombre de la porte de Tannhäuser » cita-t-elle.
– Maintenant tu me cites le film Blade Runner. Tu as donc une certaine culture et une excellente mémoire. Aurais-tu l'intention de ne me parler que par citation ?

– « La chose la plus importante en communication, c'est d'entendre ce qui n'est pas dit » !
– Là, je sèche, c'est de qui ? demanda-t-il certain qu'elle avait la réponse.
– Peter Drucker écrivain californien.

Louis Rivière lui sourit, et invita ses parents à s'asseoir et proposa de leur offrir une boisson.

– Je m'appelle Louis Rivière, je suis l'ancien directeur de la DARPA agence liée au secrétariat de la défense.

Alerté, le père se leva demanda à sa femme d'en faire autant et prit sa fille par le bras. Louis Rivière se leva également, et le retint par le bras. Le père qui eut l'impression qu'une montagne émergeait du sol, ressentit la force de sa poigne.

– Je vous en prie, ne partez pas. J'ai démissionné de ce poste, totalement en désaccord avec leur méthode. Je vous recherchais pour vous prévenir qu'ils étaient parvenus à vous retrouver dans cette ville, sans pour autant connaître votre adresse. Les services sociaux m'ont révélé qu'ils veulent mettre votre fille Lilith, c'est comme ça que j'ai su son nom, dans un institut lié à l'armée. Ils veulent profiter de ses talents exceptionnels.

– On est intraçable, comme a-t-on pu nous retrouver ?

– On ne l'est jamais vraiment, d'autant que nous avons employé des moyens non conventionnels.

– Les espions psy, ajouta Lilith.

– Exactement, et je ne suis pas surpris que tu le saches.

– Comment vous faire confiance, vous de la DARPA ?

– Je n'y suis plus.
– C'est ce que vous affirmez.
Lilith qui s'était rassis, invita ses parents à s'asseoir de nouveau et leur dit :
– Vous pouvez lui faire confiance.
– Maintenant que je sais que vous êtes là, il faudrait garder le contact. Si mes anciens services s'approchaient de vous, je le saurais et je vous préviendrais. Je vais devoir vous laisser je dois contacter rapidement une informaticienne. Vous avez dû en entendre parler, celle dont le processeur avait fait la « une » des journaux nationaux et internationaux. Je dois faire avec elle ce que je fais avec vous pour contrecarrer mes anciens services et d'autres agences.
– Si vous êtes en désaccord avec ces agences pourquoi avoir travaillé avec elles et surtout à ce niveau ? demanda la mère.
– Parce que j'y avais sincèrement cru. Le dossier de votre fille en a révélé la part la plus sombre. Maintenant je dois vous laisser.
Il fit quelques pas, s'arrêta, se retourna et dit :
– Je ne vous demande pas votre adresse, l'espion psy serait capable de l'intercepter.
– L'espion psy ? Qu'est-ce que c'est ?
– Vous le saurez bien assez tôt. À plus tard.

## Une histoire de matière

La physicienne Meredith Gates feuilleta ses deux thèses en physique « *Automatisation des calculs de précision de Higgs* » et « *Nouvelles stratégies pour la recherche de nouvelles particules légères dans les collisionneurs et à partir d'objets stellaires* », soutenues vingt ans plus tôt en deux années tant elle était gourmande de savoir, mais aussi de reconnaissance.

Il n'est pas interdit de chatouiller le Saint Graal de la physique quantique avec nos grosses pensées, pensa-t-elle. Elle a toujours aimé effleurer l'âme des particules.
À travers ses études et finalement ses recherches actuelles, elle a tenté d'approcher la compréhension du réglage fin de la matière. Elle a ainsi découvert un univers d'une étonnante poésie. Évocation du "théorème de l'absence de chevelure", trou noir dont on ne connaît que la masse, le reste est perdu ; calvitie cosmique. On parle de "l'évaporation des trous noirs" comme si un bouillonnement céleste en avait sublimé la substance.
Des scientifiques chercheurs et parfois trouveurs, doivent bousculer à coup d'épaule bien des certitudes s'ils veulent se frayer un chemin au cœur d'une forêt de statistiques. Car les objets dépeints par leurs équations (leurs violons célestes) ont, à notre niveau, une existence purement chiffrée. Elle était de ceux-là.

Ces marathoniens du nombre semblent vivre eux-mêmes dans un brouillard de photons d'où émergent des idées lumineuses, une mousse d'énergie aussi vive qu'une dose d'opium. Réfléchir, c'est ajouter la créativité à la raison. Et ils réfléchissent ces Rodin penseurs, ils réfléchissent à se briser les quarks et les muons et les fermions. Et pourtant Meredith Gates est parvenue à les troubler.

Un univers avec trois dimensions ? Quelle pauvreté ! Plus d'une dizaine de dimensions à l'échelle d'un boson, et parfois même des dimensions éphémères qui ne pourraient exister que quelques milliardièmes de seconde pour faire vivre ce monde que nous contemplons avec nos sens et parfois avec notre cœur.

Un seul univers ? Les physiciens ne peuvent s'en contenter, il leur en faut davantage. Quelques-uns imaginent une infinité de « Big Bang » pour une infinité d'univers. Mais ce n'est pas encore suffisant, car d'autres univers apparaissent via leurs équations, mais eux sont parallèles aux autres, sur d'autres plans plus ou moins subtils. Le "grand architecte" prendrait alors des allures de géant fou et ses délires créatifs, dans l'incapacité de cesser de produire encore et encore. Une démesure vertigineuse.

Concernant les structures profondes de la matière, le consensus n'est pas absolu. En attendant une meilleure compréhension, les physiciens poursuivent leur culture de terres insolites. Ces agriculteurs du monde scalaire évoquent leurs propriétés : les champs de spin, fermioniques, bosoniques. Ils y cultivent des produits bien peu biologiques : gluon, neutrino, quark U, D ou S, muon, tauon. On aime les contempler à jouer aux billes avec les électrons et les neutrons - mais quel breuvage peut-on faire avec de tels produits ? Pour l'instant rien puisque l'unification (le fameux breuvage) de ces théories n'est pas encore réalisée.

Mais reste un paysage magnifique fait de sursauts d'énergie, de temps dilaté, de spins tournoyants, de mondes en collisions, de lentilles gravitationnelles. Bref un bouillonnement originel qui l'a également construit... Au fait, et la conscience dans cette soupe primordiale ?

En fait, il était doux de prendre à bras le corps tout ce qui leur échappe. La réflexion de Meredith Gates se porte sur la part inconnue des choses. Elle pourrait y découvrir des trésors, sans être certaine d'y parvenir. Une approche toute kantienne serait un chemin possible, s'était-elle dit : "Les lumières, c'est la sortie de l'homme hors de son état de tutelle dont il est lui-même responsable. L'état de tutelle est l'incapacité de se servir de son entendement sans la conduite d'un autre". Une invite à marcher sur les chemins connus pour mieux explorer les sentiers inconnus, espérant effleurer des fils célestes, ressentir ce souffle si particulier qu'est la vie (matière et conscience). La conscience pourrait-être capable de percevoir davantage que ce qui lui est prêté.

Elle pourrait être capable de « produire » de nouvelles particules.

Elle n'a pas osé l'écrire dans ses thèses. Son mentor, amant et directeur de thèse William Shakes, l'a convaincue de garder ce concept pour un autre temps lorsque la recherche en physique aura gagné en maturité. Malgré les lianes de feu qui lui fouettaient l'esprit, elle sut taire son ego, promesse faite de lâcher son fauve dans le jeu très en équilibre des physiciens, plus tard, bien plus tard.

Feuilleter ses thèses se faisait sans aucune nostalgie. Elle les dépoussiérait de l'oubli à chaque instant de sa vie quand elle se savait à la croisée des chemins. Elle ne les lisait pas vraiment, son regard glissait sur ses longues phrases, aussi longue et droite qu'une route au cœur d'un désert. Une véritable méditation. Puis sa pensée alla vers l'informaticienne Stacy Collins dont elle avait analysé l'ordinateur et son microprocesseur dopé à la physique des profondeurs. « Cette femme a fait une découverte fondamentale, se dit-elle. Il faut que je la rencontre ».

## Errance

Stacy a accepté le rendez-vous proposé par Louis Rivière. Elle en fut la première surprise. Son téléphone ne devait sonner que pour des raisons professionnelles, et seul Ethan pouvait venir chez elle à l'improviste ou presque, en fait sans rendez-vous, à la condition qu'il lui envoie un court message la prévenant de sa venue. Lorsqu'elle a entendu la voix du directeur de la DARPA (elle ignorait encore sa démission de l'agence) aussitôt elle pensa « accepte », sans être tout à fait certaine que cette décision fut vraiment la sienne. Avec une évidente fébrilité, elle quitta son bureau, prévint son collaborateur de ne la déranger sous aucun prétexte « mais pourquoi donc ? » pensa-t-elle, et prépara quelques boissons chaudes. Lorsqu'il sonna à la porte, elle se précipita pour lui ouvrir, allait lui sourire quand elle vit les lueurs si particulières qu'elle connaissait trop bien, dans le regard du géant.

– Oh non, pas vous ! dit-elle.

– Le temps est une invention des dieux pour que l'homme ait un chemin à prendre, déclara l'Être.

– Oh non, pas ça !

– Et pourtant, vous devez bien vous rendre compte que votre vie a pris un chemin complexe en très peu de temps.

– Vous en êtes l'auteur ! répondit Stacy sur le ton d'une condamnation.

– Détrompez-vous. Vous en avez fait la demande le jour même où vous avez souhaité créer un processeur qui n'aurait dû être découvert que dans une centaine d'années. Vous êtes responsables de vos pensées.

– Mais si on n'en connaît pas les conséquences, on n'est responsable de rien.

– Détrompez-vous encore, une partie de vous le savait. Et ce n'est pas parce que c'est inconscient que ce n'est pas vous.

Dépité, Stacy fit entrer le grand homme, tout au moins ce qu'il en restait. Elle lui proposa le canapé, et s'installa sur le fauteuil qui lui faisait face.

Quand l'Être cessa tout à coup son emprise, Louis Rivière pourtant formé à s'adapter à toute situation même dangereuse, se trouva totalement désorienté quand il se vit chez elle. Il ne le cacha pas.

– Mais qu'est-ce que je fais ici ?

– Vous êtes ici, c'est ce qui est important.

– Non, comprendre comment je suis arrivé là est important. Je ne sais pas comment je suis venue. Je voulais vous voir rapidement, c'est vrai, mais pas de cette manière. Je constate que je ne vais pas aussi bien que je le pensais. Trop de changements dans ma vie. Je vais retourner à mon hôtel, je suis désolé de vous avoir dérangé.

Il se leva, plus exactement il se déploya, mais la voix autoritaire de Stacy le fit se rasseoir.

– Plus tard ! Maintenant que vous êtes là, profitez du café.

Il l'accepta pour se donner une contenance, encore très gêné d'être là sans y avoir été invité.

– Je suis vraiment désolé.
– Vous l'avez déjà dit. Le ton était involontairement sec.
– Vous ne m'aidez pas beaucoup, j'ai l'impression que vous m'en voulez tout de même.
– C'est vrai que j'ai horreur d'être dérangée, mais les circonstances sont différentes.
– Et en quoi le sont-elles ?
– Pas maintenant, je vous le dirais plus tard probablement. Dites-moi plutôt pourquoi vous vouliez me voir ?

Il avait envisagé un bon prétexte et les informations qu'il attendait le lui auraient offert. Mais là, il se trouvait nu (c'est juste une image) devant cette femme rayonnante d'autorité et d'intelligence, le regard froid, le sourire brûlant. Il la dévisagea un moment, un court moment, pour en détecter tout le brillant, l'éclat et la délicatesse.

– Vous allez finir par me gêner à vous taire tout en me dévisageant.
– Je suis désolé…
– Encore, ça fait beaucoup. Je voudrais que vous détendiez un peu. Je comprends que vous n'y compreniez rien de votre présence ici, je peux seulement vous dire qu'il est important que vous soyez là. Et ne me demandez pas pourquoi, je ne vous répondrai pas.
– Mais tout de même, comment ai-je fait pour aller de mon hôtel à votre domicile sans même m'en rendre compte ? Je ne me souviens même pas d'avoir sonné à votre porte, ni même d'être entré chez vous. J'étais à la table de ma

chambre devant mon ordinateur et dans l'instant je suis chez vous, assis, devant vous, pratiquement une tasse de café à la main. Reconnaissez que c'est quand même dingue !
– Évidemment !
– J'ai l'impression que vous savez ce qui s'est passé.
– En quelque sorte oui, mais je n'en connais pas la raison.
– Je me moque de la raison, dites-moi comment je suis arrivé ici !
– En marchant !
– Bon, j'ai compris que je n'obtiendrai rien de vous, il vaut mieux que je parte.
– S'il vous plaît, non ! Vous êtes ici parce que c'est important. Parlons-nous, peut-être que nous le découvrirons ainsi.

Louis Rivière but son café. Elle comprit qu'il resterait.

C'était à elle de le dévisager. Ce visage qui se voulait dure, masquait une douceur naturelle que son poste imposait de masquer. « Il a oublié qui il était », pensa-t-elle. Les yeux, le nez, la bouche, tout était à sa place, rien de plus, mais ne dit-on pas en science, en reprenant une citation d'Aristote, que la totalité est plus que la somme de ses parties ? La personnalité de cet homme s'exprimait à travers ses expressions conscientes ou inconscientes, retravaillant ses traits, lissant ses défauts au point de lui donner une expression si bienveillante qu'elle en fût sous le charme. Il l'apaisait. Elle en était surprise. Il l'apaisait. Elle ne le connaissait pas. Il l'apaisait et acceptait ce qui aurait pu être une intrusion. Disponible à personne, mais à la disposition de beaucoup finalement, elle a toujours refusé une relation stable qui lui aurait coûté un investissement affectif et émotionnel dont elle ne voulait pas. Tout son temps était consacré à son entreprise, sa créativité, ses recherches. Bref, s'occuper de sa création pour ne pas avoir à s'occuper d'elle-même.

Il fit un effort pour prendre la parole, rompre ce silence, cette intimité à laquelle lui-même n'était pas habitué.

– On m'a reproché, sévèrement reproché de vous avoir incité à détruire vos microprocesseurs. Par cette demande, je manifestais un profond désaccord avec mon agence. J'ai dû démissionner.

Il attendit une réaction de Stacy qui ne vint pas. Il reprit :

– J'ai pu retrouver les traces de la famille new-yorkaise dont la fille, encore une enfant, a manifesté une incroyablement intelligente que les services sociaux de New York voulaient placer dans un institut de l'armée pour en faire un « super agent ». J'ai trouvé ça scandaleux. Par un moyen que je qualifierais d'exotique, j'ai pu les retrouver ici à Coronado. Je suis intrigué. Pourquoi ici et pas ailleurs ? Un moment, j'ai supposé que ça pouvait avoir un lien avec votre histoire, mais j'ai trouvé cette hypothèse stupide. J'en étais resté là, quand la fillette m'a retrouvé, c'était vraiment le cas. J'ai bien vu qu'elle cherchait quelqu'un de regard. Et quand elle m'a vu, elle m'a désigné du bras à ses parents. Je ne l'avais jamais rencontré, et je dois dire que la petite Lilith est stupéfiante en effet.

– Elle s'appelle donc Lilith, intervient Stacy.

– Vous la connaissez ?
– Je ne l'ai vu qu'une fois, il y a plusieurs mois. Elle m'a posé une curieuse question à laquelle je n'ai pas su répondre. Au départ, je ne le voulais pas, une fillette d'une dizaine d'années n'aurait pas compris ma réponse même maladroite. Mais elle a insisté, et j'ai vite compris qu'elle réclamait une vraie réponse, une réponse d'adulte qui aurait réfléchi sur sa propre vie. J'ai été prise de court.
– Et sa question ?
– « Si on ne se surpasse pas, à quoi sert le ciel ? ».
– Je vois, c'est à peu près ce qu'elle m'a imposé. Donc il y aurait un lien entre son histoire et la vôtre ? Ça me paraît invraisemblable. Peut-être que je me trompe totalement, mais c'est tout de même curieux cette proximité. Temps et espace confondus.
– Qu'est-ce vous me racontez ? lui demanda-t-elle pendant qu'elle se reversait du café. Puis elle se tourna vers lui et vit le regard de l'Être.
– Encore vous ? J'en connais un qui va encore se plaindre !
Il sourit, but le café qui s'était refroidi.
– Même presque froid c'est presque aussi bon.
Stacy préféra ne pas s'impatienter, elle attendit qu'il eût terminé de boire. Quand il posa sa tasse, son regard se fixa intensément sur elle, longuement, trop longuement. Elle faillit se lever pour chasser cette emprise, se ravisa et ferma les yeux.

– Vous allez vivre une nouvelle expérience, mais vous n'aurez pas à intervenir. Vous serez simple spectatrice. Cet homme possède une énergie qui va me permettre d'amplifier la mienne, comme un relais pour un parcours plus subtil que celui que j'ai vous ai fait vivre sur la plage. Ce sera moins lointain dans le temps. La différence c'est l'impact qu'on peut avoir alors que les faits passés semblent enregistrés dans les grandes archives sans qu'on puisse les retravailler. C'est aussi l'occasion de vous faire mieux saisir les différents rivages de la conscience.

– Supposons qu'il soit possible de créer une nouvelle impulsion à partir du passé, ce serait imposer un nouveau futur ! fit remarquer Stacy.

– En quelque sorte, mais on ne peut intervenir que sur l'orientation d'une idée ou d'un principe. On ne change donc pas la structure fine du futur, on se contente de lui apporter de nouvelles informations pour que ce futur-là, qui sera un jour votre présent, soit plus à même de proposer des constructions sociales et philosophiques plus élaborées.

– Et vous avez le droit de faire ça ?

– Ce n'est pas un droit, c'est parfois un devoir, comme il est un devoir d'informer d'un danger alors qu'on pourrait se taire. Cette information peut radicalement changer positivement la vie d'une personne, puisque ça va effectivement changer son futur. Devrais-je me taire ? Aujourd'hui, je vais vous montrer ce qu'un autre que « moi » a réalisé quelques années plus tôt, dont on ressent seulement maintenant les effets. Car tout se fait en douceur, dans le temps d'un peuple.

— Il y en a d'autres comme vous ?

— Bien sûr, mais ce n'est pas le sujet. À terme, vous parviendrez à réaliser le processeur nécessaire, créateur d'une I.A. psychique, pour la société à venir. Car vous allez y déposer une énergie d'une nature proche de la conscience. Nos interventions permettent qu'elle soit prête à l'accueillir. Ce qui a été fait à travers le personnage que nous allons rencontrer, vous en serez témoin. Vous en serez profondément impactée. Sa propre évolution déferlera sur vous comme le flux d'un océan. Vous allez vous immerger dans l'inconscient collectif d'une époque. Le processeur à venir en sera imprégné. L'usage qu'en fera chacun de vous aura un puissant effet sur l'organisation de la société future, une nouvelle manière de la gérer dans le respect de la vie de tous ou presque, sociale, professionnelle, culturelle. De nouvelles compétences, de nouvelles orientations verront également le jour.

L'Être se tut un moment, un court moment pour ne pas laisser Stacy échafauder des constructions mentales propre à faire obstruction à l'expérience.

Pourtant elle dit :

— C'est un peu naïf tout de même ?

L'Être lui demanda :

— Vous êtes prête ?

— Non !

« Maintenant » !

## Expérience jungienne

Du génie, une évidence, mais il l'ignorait. À 10 ans que sait-on de soi-même ? Quelques images simples imprégnées des paroles des parents et des échos de l'école. Mais Carl paraissait jongler avec d'autres structures, plus profondes, plus vastes comme s'il s'immergeait dans un océan d'ondes. Mais il se perdait parfois, aveuglé par quelques éclats de lumière surgie des profondeurs de l'âme. Alors il revenait, dans l'éblouissement de ce qu'il venait de recevoir, à ses jeux d'enfants dont il se surprenait à apprécier le mode opératoire d'une telle simplicité qu'il se rassurait ainsi, et s'en amusait. Le jeu en soi ne l'intéressait pas. Mais un jeu possède une structure qu'il se plaisait à décoder, il y décelait une grammaire basique, mais astucieuse.

Dans ces états si particuliers de conscience, un Être s'approcha de lui et resta là, tout en présence. Attente. Le jeune Carl paraissait chercher du regard un personnage invisible. Il se sentait appelé. L'Être se contenta de l'habituer à sa présence. À mesure que Carl grandissait, il acceptait d'être ainsi discrètement approché. Adolescent, plus mûr psychiquement, Il lui a parlé, plus précisément il reçut une pensée, une image, une onde aussi puissante que la course d'un fauve.

Puis l'Être décida de le rencontrer physiquement, ce qu'Il pouvait réaliser en concentrant toute son énergie. Carl l'a vu apparaître alors qu'il traversait un lieu isolé du campus. L'Être lui tendit la main comme le ferait un simple humain, mais Carl la refusa.

– Qu'êtes-vous ? dit-il en reculant d'un pas.

Un sourire, c'est apaisant un sourire, mais Carl se méfiait. Caractère dominant, il ne pouvait se soumettre à ce qu'il ne maîtrisait pas. Mais son insatiable curiosité intellectuelle le contraint à ne pas fuir.

– Je n'ai pas vraiment de nom, mais pour se présenter c'est plus élégant. Philémon, ça vous conviendrait ?

Carl se saisit de sa main non pour le saluer, mais pour l'évaluer, palper la densité du corps qui venait d'émerger de nulle part.

– C'est un corps, un vrai avec du sang, de la chaleur et des émotions !

– Comment avez-vous fait ?

– L'autre question serait : pourquoi l'avoir fait devant vous !

Ils marchèrent longtemps à la mode d'Aristote. Parfois, Carl lui touchait le bras pour s'assurer de la réalité de la conversation. Soumis à de nombreuses questions, il comprit qu'à travers la médecine, donc le corps, il cherchait la conscience.

Puis l'Être est reparti comme il était venu !

Un an plus tard, il quitta la médecine et s'orienta vers une matière autrement plus subtile : la conscience, mais comme psychiatre.

Carl a besoin de se frotter à la pensée des autres. Il rencontre Freud le 3 mars 1907. Ils se séduisent intellectuellement, mais déjà les divergences se manifestent. À peine leur relation entamée, papa Freud et maman Jung organisèrent, inconsciemment, leur divorce.

L'Être a dû une nouvelle fois intervenir auprès de Carl. Son attrait pour la psychothérapie aussi fructueuse qu'elle fut apportera trop peu auprès de l'occident. Freud devenant le maître à penser de la psychanalyse pour plusieurs siècles.

Il s'est approché de lui comme le ferait un souffle léger et chaud. Pas de présence physique, seulement une suite de sensations comme des gammes sonores qui lui fera dire un jour " *La sensation vous dit que quelque chose existe, la réflexion vous dit ce que c'est, le sentiment vous dit si c'est agréable ou pas, et l'intuition vous dit d'où il vient et où il va* ".

Il était assis sur la margelle supportant la pierre cubique de Bollingen, sa maison secondaire construite selon ses plans à Kusnacht sur les rives du lac de Zurich. La pierre cubique, une erreur des maçons lors de la construction de son futur domicile. Il allait refuser de la recevoir quand il se souvint de la pierre des alchimistes, la pierre délaissée, la pierre pauvre sans fonction apparente. Il la garda et fit graver texte et dessins symboliques. Elle était importante au point de devenir son lieu de réflexion.

L'Être le vit ainsi, adossé contre elle, les yeux clos, écoutant le vent siffler dans le feuillage des arbres avoisinants. À son approche, il s'est endormi. Un de ces sommeils légers et profonds à la fois, de ces sommeils qui n'en sont pas, des rêves magnétiques, des rêves qui seraient une conversation avec l'âme, en retrait de la vie humaine, et qui tentent vainement de se frayer un chemin jusqu'aux portes des sens.

Il s'approcha un peu plus et lui murmura :
– Carl, je vous propose de me suivre. Je vais vous montrer une époque surprenante.

Il vit. Il vit un ciel chargé d'avions, des villes percées de gigantesques constructions. Il entendit la parole des hommes et des femmes traverser la planète à la vitesse d'une gifle, sortie d'une petite boîte rectangulaire collée à l'oreille. Il découvrit de nouvelles sciences chiffrant la grammaire de l'univers, des prouesses techniques proches de la magie des dieux. Mais il perçut au loin la colère des hommes et ses guerres, des pays fauchés par les armes, et des hommes, des femmes, des enfants déchiquetés par la pensée sombre de quelques-uns.

Il tremblait. Il tremblait d'émerveillement et d'horreur. Ce siècle lointain magnifiait les pensées étincelantes, mais aussi celles pesantes, aigres et acides comme un nuage toxique au-dessus d'une prairie d'abondance.

Il revenait haletant de ce tourbillon d'images, de ces souffles cyanogènes, de ces élans esthétiques pour supporter le monde et ses forces primitives pour le détruire.

L'Être s'éloigna tandis qu'il se leva. Il s'ébroua comme un vieux lion et s'installa à son bureau pour écrire.

Il traduisit avec ses mots et ses concepts ce qu'il venait de vivre. Mais chez lui, le discours n'est jamais direct, il est nécessairement conceptuel. Il tire de chaque situation, expérience ou observation, une règle, une théorie, un principe qui donne sens à son regard. Car il voit autrement. Il voit avec les yeux de la grande conscience. Il décrypte aussitôt la trame qui gouverne une action ou un état. Il ne se contente jamais de l'apparence, du voile qui cache le corps. Il voit le corps, ce qu'il contient et ce qui l'anime.

Il calligraphia ainsi les premières lueurs de l'inconscient collectif (une hérésie pour Freud), de l'archétype, de l'anima et l'animus, mais aussi de la conscience collective, de l'ombre la part immature de la conscience.

Ce seront les derniers écrits psychanalytiques de Carl. Il venait de comprendre qu'en mille ans de psychanalyse le monde ne se sera pas amélioré. Il lui faut une autre thérapie, plus vaste, justement une thérapie collective à travers la philosophie.

Rupture avec Freud. Cette relation l'avait contraint à une recherche à caractère principalement thérapeutique dont il s'était peu à peu désintéressé. Libéré de l'empreinte fils-père qu'il avait le "devoir" de dépasser, donc de rester sur ce sentier, il entreprit une recherche plus fondamentale. Sa première étape : l'ombre collective. Lorsqu'il en aborda les premières rives, l'Être se présenta à lui comme il l'avait fait alors qu'il était jeune étudiant. Une émergence soudaine dans la petite cour de sa maison à Bollingen. La sidération passée, sa première question le concernait, ce n'était pas vraiment une surprise.

– J'ai votre nom, mais il ne me dit rien de votre nature ?

Il s'assit sur la margelle de la pierre des alchimistes. Une habitude lorsqu'il pressent une intuition importante.

– Des êtres ont grandi à travers l'expérience de très nombreuses existences. Puis au terme de cette formation - car il s'agit bien de cela - ils ont le choix de poursuivre leur éveil dans des sphères bien plus subtiles, ou de revenir encore dans le monde physique, ou de réaliser des allers et retours comme je le fais.

– Comment réalisez-vous ce prodige ?

Un flux de questions évidemment. Il ne pouvait en être autrement, mais l'Être coupait court à ce courant continu d'images qui lui traversaient l'esprit.

– Impossible de vous répondre, c'est comme si vous me demandiez comment aimer un matin clair. Et je suis là pour tout autre chose.

L'Être lui dit : la conception de l'ombre est une étape nécessaire, l'ombre collective en est la suivante, mais elles n'ont qu'une valeur pédagogique. Elles reposent sur une culture de l'opposition, sur le monde de la dualité dans lequel l'humain vit effectivement. Jour et nuit, beauté et laideur, chaud et froid, etc. La simple conscience est naturellement imprégnée de ces opposés puisqu'elle les vit au quotidien.

Or la psyché, la grande conscience, l'âme totale, qu'importe le terme, est constituée d'un tout autre principe, celui de l'unité. Ainsi, chercher à développer l'ombre permettra surtout de développer une thérapie relativement efficace, mais ne permettra pas de comprendre la substance même de la psyché qui n'est pas double. Or le travail profond de chaque humain est justement de s'affranchir de sa dualité et vivre pleinement sa propre monade, l'unité de la conscience. Cette posture serait également un antidote à cette pathologie collective qui va encore traverser ton monde.

L'ensemble des théories tentant de capter les contours de la psyché sont une approche purement intellectuelle, ce serait comme tenter de comprendre la géographie d'un pays en n'étudiant qu'une partie de ses départements. C'est créer un puzzle, une vision ponctuelle qui n'autorise pas la compréhension de l'ensemble. Ce sont des hypothèses « morcelantes ». Et puis, diffracter ainsi la conscience c'est cartographier la perception que tu as du monde, mais cela le rend-il plus réel pour autant ? Car chercher à comprendre la psyché c'est aussi tenter de lire l'univers, n'est-ce pas ?

En fait, la conscience est un vaste continent que l'on explore avec elle-même. Eh oui, la psyché s'expérimente, elle ne s'analyse pas.

Nous sommes cette conscience dans sa totalité. Et chaque humain est une jeune conscience avec ses zones silencieuses qui se développeront en se frottant à la vie. Voyez cette pierre cubique contre laquelle vous vous appuyez si souvent comme pour en capter la force ; la pierre délaissée comme est délaissée le grand être en soi, cette pierre qui a été polie pour en révéler toute sa noblesse. Le travail de chacun de vous n'est pas autre chose que de révéler votre état "angélique".

Puis l'Être se tut tandis que Carl étirait son grand corps. Il lui fallait marcher. Il le suivit et écouta ses silences.

Il lui posa une question presque sous forme de provocation :

– Carl, connaissez-vous l'hyper cube ?

Il se retourna et lui répondit avec une certaine irritation.

– Où voulez-vous en venir encore ?

– L'hyper cube a été décrit par Edwin A.Abott dans son ouvrage Flatland. Il s'agit d'un "cube" dans la quatrième dimension dont l'ombre projetée dans la troisième dimension, c'est-à-dire votre monde, représente à peu près deux cubes imbriqués l'un dans l'autre. Si vous deviez découvrir cette projection, ce double cube, vous chercheriez à en comprendre la géométrie sans suspecter un instant que cette dernière provient d'une autre dimension.

Il en va de même avec la conscience. La grande conscience surfant sur une autre dimension projette sur la conscience immédiate (la dimension d'ici) ses effluves, ses sensations d'une subtilité rare que "nous" traduisons par des images, des concepts, des idées nouvelles, des activités artistiques, des équations savantes et des croyances symbolisées. Mais décrypter ces activités vous permet-il de déceler la nature de sa source ? Non ! Vous y mettez des mots, des notions très savantes et astucieuses, mais rien ne vous amène à détecter cette autre dimension, car vous n'auriez pas même l'idée de chercher dans cette direction puisque justement vous analysez avec vos sens, ceux de cette dimension, et non de l'autre.

Il faut vivre l'hyper cube pour appréhender l'hyper cube. Il faut vivre en toute conscience pour comprendre la nature même de la conscience. Et cette compréhension-là ne sera pas de substance intellectuelle.

Carl allait lancer une de ses réponses vives à souhait, quand il s'aperçut que l'Être s'éteignait comme le ferait une flamme délicatement soufflée.

Au fil des années Carl devint Jung le sage de Zurich, le philosophe des brumes célestes et des éclats de conscience. Le grand Jung vit le jour lorsqu'il expérimenta son premier véritable état modifié de conscience qu'il vécut comme une imagination active. Et ce fut bien plus que ça. Il comprit que la grande conscience n'avait jamais quitté la sphère subtile dans laquelle elle "est" avant qu'une petite parcelle d'elle, délicat morceau de cristal dans la lourdeur de la chaire et des émotions, prenne possession d'une nouvelle vie. Le rêve est devenu pour Jung les murmures résiduels, les échos des "conversations" entre grandes consciences s'exprimant dans leur univers plus subtil, celui de l'Être.

Il comprit que l'homme ou la femme pleinement éveillée ne rêve plus, parce qu'elle n'a plus à rêver.

Dès lors, Jung mit en place une philosophie active, mélange de concepts et d'exercices pratiques permettant à chacun de retrouver la mémoire perdue dans le bourdonnement de la vie.

Il créa un premier centre de philosophie active à Zurich, puis dans d'autres villes d'Europe avant de traverser les océans, et d'implanter ces centres dans les capitales et petites villes des autres continents. Sur le fronton de chacun de ces "temples" une phrase, sa phrase fétiche : *"Chaque pas vers la conscience est un créateur de monde".*


Stacy vit les images s'éteindre en douceur, tandis que Louis Rivière eut un haut-le-cœur lorsque l'Être se retira.

– Qu'est-ce qui s'est passé, j'ai tout vu, je ne pouvais rien faire ?

Il était traversé de frissons, une onde brève encore douce, le froid sur la neige, un vent intérieur en allant grandissant. Puis vinrent les premiers tremblements chargés de crainte puis de peur, prenant une telle ampleur à mesure qu'il prenait conscience de ce qui venait de se dérouler sous ses yeux, qu'il lui était impossible de se lever pour fuir la pièce, la femme, et l'angoisse qui le fixait au sol. Il se pencha en avant, se tint la tête dans ses mains et laissa les larmes s'écouler sur leur paume.

Désemparé face à la détresse du géant, Stacy se leva et s'assit près de lui sans vraiment savoir ce qu'il fallait dire ou faire pour le réconforter. Elle redoutait toute intimité, surtout avec un inconnu. Elle faillit lui prendre la main, un simple contact amical qui aurait pu l'apaiser, mais elle lui couvrait le visage et n'osa écarter le bouclier de chair qui le protégeait de la honte qu'il avait à se voir pleurer ainsi, devant une parfaite inconnue. Alors elle fit l'invraisemblable, elle prit le grand corps tout tremblant dans ses bras et fit ce qu'elle n'aurait jamais faire un jour, elle le berça délicatement. Il eut le soubresaut qu'aurait eu un animal blessé, vif et bref, mais Stacy ne renonça pas, et poursuivit les lentes vagues du corps qui finirent par le calmer. Il pleura ainsi près d'une heure avant de parvenir à se calmer.

– Je suis désolé, lui dit-il en relevant enfin la tête.

Stacy relâcha son étreinte, lui sourit, mais resta silencieuse. Elle lui tendit son mouchoir.

– Je me suis senti totalement débordé, et je ne sais pas pourquoi.

– Vous êtes allez là où vous ne vouliez pas voir !

– Je ne comprends pas, lui dit-il en se tournant enfin vers elle.

– J'ai connu un moment similaire à la sortie d'une exposition qui, en quelque sorte, me prévenait de l'expérience que j'allais vivre, provoquée par un personnage que je n'ai jamais vu, mais bien présent dans ma vie. C'est un refus, un regret et une acceptation. Vous venez de vivre une expérience que votre culture faite de raison a toujours exclue. C'est le regret de ne pas avoir su voir. C'est l'acceptation que ce qui vous paraissait improbable puisse vraiment exister.

Les larmes, encore elles, les larmes, là, maintenant, et cette gorge serrée qui coupe le souffle et éteint toute parole. La main étant libre, elle l'a lui a prise. Elle pressa fortement les doigts lui offrant un peu de cette énergie que l'expérience lui avait offerte. Il se calma, serra à son tour la main de Stacy. La remercia ainsi, et la garda un long moment. Puis il se leva enfin, la salua sans demander d'explication sur ce qu'il venait d'assister. Il n'aurait pas eu la force d'en entendre davantage.

Immobile, Stacy vit le grand homme quitter le salon, puis la maison. Elle resta assise sur le canapé toute à sa surprise d'avoir agi avec tant de douceur. Aptitude inconnue d'elle.

## Perte de temps

Dans le hall de son hôtel, des tables basses, des fauteuils, quelques clients, le contexte ordinaire d'une réception. Louis Rivière la traversa la pensée dans les brumes de son expérience. Mais, il distingua, sans vraiment voir, un client se tourner vers lui. Il lui sembla qu'il allait se lever, ne le fit pas. Puis, Louis Rivière fit demi-tour en reconnaissant l'espion psy, Paul H. Smith, qu'il avait invité chez lui afin d'obtenir davantage de précisions sur la localisation de la famille recherchée par la CIA. Il s'approcha de lui le regard fendu d'un félin.

– Qu'est-ce que vous faites là ?

Paul H. Smith se leva pour réduire au mieux le gigantisme de l'ex-directeur de la DARPA. Titre et taille l'impressionnaient.

– Je suis là de ma propre initiative, répondit-il pour apaiser les craintes du géant.

– Pour quoi faire ? Louis Rivière s'impatientait. Il refusait toute interférence entre la fillette, ses parents et lui-même.

– Et comment m'avez-vous retrouvé ? demanda-t-il tout en regrettant sa question tant la réponse était évidente.

Paul H.Smith osa l'inviter à s'asseoir. Il accepta et le fixa du regard comme le ferait un boxeur juste avant le gong du premier round. L'espion esquiva le regard et lui dit :

– Je me suis projeté jusqu'à cette famille que nous recherchions à la demande des services sociaux. J'ai vite compris que c'était surtout la fillette qui en était la cible. J'ai su qu'ils voulaient l'interner dans une des structures de l'armée. Je connais bien, je suis passé par là. C'est extrêmement difficile pour un enfant. Et puis, j'ai cru déceler sa vraie nature, une géante. Et je sais qu'elle peut se défendre. Elle n'a besoin de personne pour se protéger, mais je souhaite la rencontrer, lui parler. Je veux comprendre pourquoi j'ai certaines facultés que d'autres ne possèdent pas. Pourquoi suis-je différent ?

– Elle n'est pas là pour ça !

Réponse sans appel de Louis Rivière qui, d'un geste autoritaire du bras lui demandait de quitter l'hôtel, mais aussi la ville.

– Je vous respecte vraiment, répondit Paul H.Smith, mais je resterai à Coronado pour la rencontrer. Vous savez que j'y parviendrai. C'est important pour moi.

L'instinct de l'ex-directeur l'avait souvent aidé sur des dossiers d'une infernale complexité. Il prit le temps de ressentir l'espion, de le scanner comme lui-même l'aurait fait à distance. L'animal en lui le flairait avant de prendre sa décision. Et quand bien même elle serait négative, comment aurait-il pu lui interdire la ville, lui qui n'avait plus aucun pouvoir ? Sa fonction l'avait habitué à donner des ordres qu'il ne pouvait plus hurler.

– J'ai rencontré cette famille. Si vous deviez les aborder, je vous demande de le faire en ma présence.

– À quel titre ? osa demander Paul H.Smith.

Sa question le surprit, et Louis Rivière la reçut comme une gifle. Quel rôle se donnait-il lui qui était devenu simple citoyen ? Son corps parut perdre toute son énergie. Pas tout à fait remis de son expérience « jungienne », l'impact de la réplique de l'espion se traduisait par un léger tremblement de la main.

– En effet, je n'ai aucune autorité pour vous imposer ça. J'ai démissionné aussi pour pouvoir protéger cette famille. Je connais mieux que vous les rouages de nos différentes administrations. Rien ne doit trahir leur présence ici. Une indiscrétion de votre part et tout serait à revoir. Ils se sont anonymisés avec efficacité.

– D'autres espions psy sont à leur recherche. Je me suis mis en disponibilité, j'ai donc été remplacé.

– Allez reprendre votre poste dans ce cas.

– Pas avant de l'avoir rencontrée. Puisque vous voulez que ça passe par vous, organisez un rendez-vous !

– En fait, j'ignore où ils habitent.

– Je peux faire une recherche.

Épuisé, Louis Rivière n'avait plus la force de réfléchir.

– Et puis faites comme vous voulez, il faut vraiment que j'aille me reposer.

L'espion se leva, précisa qu'il chercherait une chambre d'hôtel dans un autre établissement, et qu'il débuterait son « scan » dès qu'il s'y serait installé.

## Contact

Ethan, Amiah, couple marcheur le long de la plage, si près des vagues, celles qui perdent leurs élans après un si lointain chemin. Une marche lente parce que le monde tourne trop vite. Une marche encore pour leurs empreintes éphémères sur le sable mouillé.

Parfois, Ethan parvient à éteindre le feu des mots. Le simple mouvement du corps et son léger déhanchement freinent ces houles de phrases qui lui traversent l'esprit. Amiah lui avait pris le bras comme pour mieux l'accompagner dans ces instants de silence nécessaire. Ethan recevait parfois une pluie de langues étrangères, d'ici, d'ailleurs, qui le débordait. En Islande, un même sentiment d'incapacité à se centrer. Le flux des traductions spontanées pouvait prendre d'étonnantes ampleurs et il lui fallait, comme en Islande, perfectionner sa capacité à s'apaiser. Mais l'apaisement pouvait se faire plus rare, surtout lorsqu'il comprit les douleurs morales de Stacy. Une sœur de cœur.

Il comprenait également que son nouveau et exceptionnel talent de « traducteur universel » était l'expression d'une aptitude plus profonde que le « simple » fait de savoir décrypter toutes les langues. Il pressentait que ce qui avait fait naître cette insolite compétence avait une tout autre fonction que, pour le coup, il était incapable de traduire. Comprendre les murmures du monde attaché à ce ressenti avait une fonction précise.

Il poursuivait ses traductions pour le plaisir de dompter le sens, d'en appréhender les étonnantes subtilités selon les peuples, leur culture, mais aussi l'influence du territoire. La terre que l'on foule avec tant d'insouciance se mêle à l'humain, et avec elle les ambiances, les souvenirs, la nature et les humeurs profondes du sol.

Il continuait de soutenir Amiah dans ses propres traductions, avec mesure pour que son travail soit raisonnablement reconnu, quand bien même Ethan en serait en grande partie l'auteur puisque leur couple ne faisait qu'un. Traduire plus en profondeur deviendrait « suspect ».

Puis vint le temps du retour lorsqu'il s'estima plus calme. En chemin, ils croisèrent Louis Rivière qui venait de quitter son hôtel. Ils ne se connaissaient pas, mais lorsque Amiah évoquait les difficultés de Stacy, Louis Rivière entendit ce nom. Il rebroussa chemin et les rattrapa.

– Vous connaissez Stacy ?

Amiah s'inquiéta de voir ce géant les interpeller d'une voix trop autoritaire.

– Oui, et manifestement vous aussi, répondit Ethan.

– Mais vous la connaissez bien ?

– C'est ma meilleure amie, pourquoi ?

Louis Rivière hésita à aller plus loin, ne sachant si ce couple connaissait l'invention de Stacy Collins, et s'il avait eu connaissance de sa responsabilité sur la destruction des microprocesseurs. Il allait repartir quand Ethan le retint du bras.

– Je suis assez proche de Stacy pour connaître les personnes qui la côtoient ou même la croisent simplement. Je ne vous ai jamais vu auprès d'elle !

Presque une condamnation. Il fut surpris du ton qu'il venait de prendre, mais il estima qu'il devait protéger son amie.

– Connaissez-vous ses travaux ? questionna Louis Rivière.

– Évidemment et même ses ennuis avec sa dernière invention, les chaînes d'information continue en ont largement parlé. C'est là que vous avez entendu son nom ?

L'ancien directeur se sentit suffisamment en confiance, il se lança :

– J'ai été responsable de la DARPA…

– C'est donc vous qui avez fait saisir son ordinateur ?

– Oui, il était indispensable de la faire…

– Et c'est vous qui êtes allez chez elle pour détruire ses microprocesseurs ?

– Il faut me croire que je vous dis que c'était nécessaire…

Ethan ne cessait de l'interrompre, et Louis Rivière l'accepta, malgré son caractère, pour ne pas rompre ce contact.

– Stacy m'a révélé de quoi était capable ce processeur. Il fallait le détruire ! ajouta-t-il.

Soulagé, l'ancien directeur se saisit de la main d'Ethan et la serra avec trop de force.

– Mais vous me faites mal !

Il libéra la main de son étau.

– Il y a quelques jours, j'ai de nouveau rencontré votre amie dans des circonstances que je ne comprends toujours pas, mais qu'importe. Mais avant de vous parler, on pourrait s'asseoir sur un des bancs du boulevard.

L'absence de vent renforçait la douceur du jour malgré le rayonnement frais du Pacifique. Louis Rivière, encore troublé par son expérience, avait besoin de ces pauses improvisées. Il se dit que côtoyer les amis de Stacy (il n'ajoutait plus son nom de famille depuis ce jour singulier) pouvait lui permettre d'en apprendre davantage sur cette femme, et peut-être obtenir des informations sur la nature de son expérience. S'ils sont si proches, ils doivent savoir, pensa-t-il.

– Autour de votre amie, il y a des phénomènes très impressionnants.

Ethan et Amiah allaient refuser de répondre à son invite. Mais leur silence aurait paru suspect, surtout que l'homme devait être habitué à interpréter ces marqueurs muets dans une discussion. Ethan l'interrogea :

– Que voulez-vous dire ?

C'était à lui d'être réticent. Que pouvait-il leur révéler sans être pris pour un déséquilibré ? Il se dit que peut-être en parler lui permettrait de se délivrer au moins d'une partie du poids moral qu'il portait depuis.

– Je vais vous faire confiance et vous dire précisément ce qui s'est passé chez elle.

Il se lança dans un récit détaillé, soucieux de ne rien oublier, se libérant phrase après phrase de ce doux cauchemar qui lui pesait un peu plus chaque jour. Ne pas comprendre lui est insupportable. Et son métier avait été de saisir les silencieuses subtilités des actions d'un pays tiers. Il parla avec des gestes dangereux tant ses bras étaient puissants, qui frappaient l'air à chaque étape importante de son récit. Quand il eut terminé, il parut essoufflé, mais plus serein.

– S'il vous plaît, surtout ne me prenez pas pour un illuminé.

Le couple avait souri, mais Louis Rivière allait assez mal interpréter leur soulagement. Ethan s'en aperçut :

– Non, vous ne l'êtes pas, vraiment pas, mais il est si naturel et même sain de vous poser la question. Par contre, ce n'est pas à moi de répondre à vos questions, mais à Stacy qui en sait davantage. Je peux simplement vous dire qu'elle est aidée dans ces situations. Lorsque vous la verrez, vous lui demanderez qui la soutient dans ses actions.

Ils laissèrent Louis Rivière à ses réflexions, assis sur le banc, le regard à la recherche de l'horizon, celui qu'il venait de perdre en quelques jours. Puis Ethan se retourna, l'observa et dit à sa femme :

– Il a la confiance de Lilith et a vécu une expérience auprès de Stacy. Je vais lui faire un cadeau. Il ne faudra pas m'en vouloir. Viens avec moi.

Le géant remarqua le retour du couple, les interrogea du regard tandis qu'il resta debout face à lui. Amiah ignorait

les intentions de son mari, et s'inquiétait de ces décisions qu'il était capable de prendre sur un coup de tête.
– Vous avez votre téléphone sur vous ?
Louis Rivière s'étonna de cette demande tandis qu'Amiah comprit.
– C'est bien trop tôt, lui dit-elle.
– Fais-moi confiance. Alors votre téléphone.
Il le tendit à Ethan, mais avant de s'en saisir il lui demanda s'il avait une application de traduction.
– Bien sûr. C'est ouvert.
– Choisissez une langue n'importe laquelle.
– Du russe, ça vous convient ?
Ethan prononça une longue phrase dans cette langue tandis que Louis Rivière en lisait la traduction au fur et à mesure.
– D'accord, vous parlez russe couramment. Et alors ?
– Choisissez une autre langue plus difficile.
Il choisit le chinois.
– Si vous voulez, mais c'est trop évident.
Après avoir lu la traduction, il demanda s'il connaissait encore d'autres langues avec la même maîtrise. Sans répondre, Ethan choisit du Sepedi, puis de l'Urdu, du Xhosa et d'autres encore plus exotiques.
– Surprenant, vraiment surprenant. Vous êtes linguiste ?
– Non, ma femme oui !
– Vous avez une sacrée mémoire. Combien de langue maîtrisez-vous ?

– Absolument toutes, même des langues disparues depuis des siècles, et d'autres encore.

Louis Rivière faillit repousser cette réponse, mais il demanda :

– Comment est ce possible ?

– C'est de la xénoglossie, la compréhension soudaine de langues jamais apprises. Mais ça concerne le plus souvent une seule langue, moi c'est toutes.

– Mais comment est-ce arrivé ?

– C'est diaboliquement simple, une de ses expériences comme vous en avez eu une. Je voulais faire cette démonstration pour vous convaincre que ce qui vous est arrivé est bien réel, et qu'il faut cesser de vous prendre la tête avec ça.

Louis Rivière acquiesça tout en étant traversé d'une idée folle.

– Vous vous rendez compte du service que vous auriez pu apporter à mon agence ?

– Votre ex-agence ! Je vous demande la plus absolue discrétion. De toute façon je nierais tout, puisque j'exerce mon nouveau talent en clandestin. Maintenant nous vous laissons.

## Pauvres parents

Lilith attendait ses parents, assise sur le canapé, regardant un conte pour enfants à la télévision. Lorsqu'ils ouvrirent la porte, elle l'éteignit et les invita à s'asseoir près d'elle. Ils pressentaient que le moment serait important aux gestes lents de leur fille.

– Dans quelques jours, je vais avoir onze ans. Peu à peu, mon corps va se transformer, et avec lui certaines de mes facultés vont s'amplifier tandis que d'autres vont apparaître.

– C'est possible ? intervint la mère. Tu es déjà exceptionnelle, comment pourrais-tu avoir d'autres talents ? C'est impossible à imaginer.

– Tu nous débordes déjà, reprit le père, comment on va faire pour être simplement des parents honorables ?

Lilith sourit à ces remarques. Elle les avait choisis pour la simplicité de leur psychologie qui témoigne d'un éveil favorable pour l'accueillir. Mais aussi pour la stabilité de leur personnalité. Il fallait bien ça pour accepter l'étrange nature de leur fille.

– Je n'ai aucune inquiétude à ce sujet. J'ai conscience des difficultés que je représente, mais vous avez une authentique capacité d'adaptation pour répondre à mes besoins. Une preuve ? Vous avez accepté de déménager pour venir ici sans chercher à vous opposer à ma demande. Et je vous demande beaucoup. Je sais le malaise que je provoque chez vous parfois, et ce n'est pas tant mes facultés que je ne suis pas censé avoir, que les silences dans lesquels je plonge parfois. Il faut comprendre que je m'en couvre comme un enfant se couvre de poussière dans le jeu. Dans certaines circonstances ça m'est nécessaire. Et je ne me lasse pas de ces apesanteurs, ces instants suspendus entre deux mondes d'où je contemple, avec surprise souvent, les courbes et les croisements noueux empruntés par l'adulte. Je suis ravi de leurs arabesques, de ces gestes mal dessinés, mal fixés dans l'espace.

Vous savez, mais vous ne l'avez pas toujours cru, que je suis envahi d'images splendides qui m'empêchent de marcher au même pas, au même rythme, sur la même route que les autres.

Pour vous comme pour moi, il est essentiel de préserver son monde intérieur, et de l'écouter. Il est la charpente de la vie. Mais je ne dois pas pour autant refuser ce qui provient du monde que l'on dit extérieur, car rien n'est séparé. Et je me devine entre les deux. Je me dois d'accepter l'univers dont je suis fait et celui qui m'entoure en apparence.

Ne doutez pas de vous-même. Et il va vous falloir beaucoup de confiance, car il faudra bien un jour, et je suis à ce jour-là, vivre selon ce qui me porte et ce qui donne sens à ma vie. Ne doutez pas de vous même lorsque vous vous verrez impliquer dans une situation étourdissante et précieuse dans peu de temps. Ce qui paraît disparate ne sont que les facettes d'un même scénario. Souviens-toi maman lorsque je te présentais mon puzzle d'enfant, il symbolise cette situation. Vous avez rencontré différentes personnes sans avoir vu, et c'est normal, qu'ils font partie de la même histoire. Eux-mêmes l'ignorent. La trame est invisible, c'est sa nature. Puis vient l'instant où l'image finale apparaît enfin. Ce moment est proche, très proche. Je vous en parle maintenant pour que vous ne soyez pas surpris de ce qui va se dérouler dans quelques semaines.

Lilith se leva, prit la main de son père, puis celle de sa mère, mains qu'elle pressa fortement pour leur offrir le feu de sa vie, la fougue de son tempérament et l'énergie de ses talents. Ils ressentirent une chaleur folle passer d'elle à eux, suivie d'un apaisement soudain, une puissante quiétude jusqu'alors inconnue d'eux.

– Je vous demande d'être fort !

Lilith se leva et se prépara un goûter.

## Chamane des bosons et symboles exotiques

Un peu d'exaltation, juste ce qu'il faut pour offrir aux choses, aux situations, aux jours qui font une existence, ce relief comme des lignes de fuite. Profonde perspective, léger vertige, ivresse des sens, la physicienne Meredith Gates en était dépendante, à moins que sa nature ne soit tissée de fils célestes qui font d'elle un personnage inspiré, emporté, impatient avec une dose assez discrète de fanatisme scientifique pour mieux canaliser ses soudaines intuitions qui lui ont valu, dans son milieu, du titre de « la chamane des bosons ». Ses confrères l'appréciaient peu, mais reconnaissaient en elle une forme de génie, une forme seulement puisque le génie véritable serait plus chatoyant. Et le chatoiement n'était pas son affaire. Elle agissait tout en instinct, en puissance, brassant les idées avec la volonté capricieuse d'un dieu grec, de ces dieux si peu adultes du haut de leur Olympe, foudroyant l'humanité de leur colère. En d'autres temps, elle aurait pu être Némésis, Nandou, Aphrodite, Demeter, mais elle était Meredith la physicienne aux idées lumineuses offrant à l'humanité de nouveaux bosons, gluons, fermions, quarks, tout un bestiaire dont elle ne fera pas grand-chose, venues si tôt, trop tôt dans la nomenclature des particules.

Et pourtant, cette femme au caractère de feu se voyait presque tremblante devant la porte de Stacy Collins. La réalisation de son processeur l'avait impressionnée, mieux sidérée. Surprendre Meredith s'était prendre le risque d'une rencontre mouvementée, car elle ne supportait pas un quelconque ascendant scientifique dans son domaine. Mais là, elle devait reconnaître que l'informaticienne avait joué avec les structures fines de la matière pour le résultat qu'elle avait eu sous les yeux. De plus, des bruits de couloir au sein de la DIA qu'elle fréquentait parfois, avait laissé entendre que l'ordinateur avait joué les voyants. Elle voulait comprendre.

Elle n'avait évidemment pas pris rendez-vous, et lorsque la porte s'ouvrit, elle vit une grande femme aux traits fins, le regard méfiant, analysant ses yeux comme si elle cherchait quelque chose qu'elle ne semblait pas déceler.
– C'est vous ? demanda Stacy.
– Heu ! Oui ! répondit Meredith Gates un peu surprise.
– Oui comment ?
La question parut curieuse.
– Je ne comprends pas votre question ?
Stacy se détendit juste ce qu'il faut pour ne pas être agressive, mais la présence non prévue de cette femme au milieu de l'après-midi l'incommodait.
– Qui êtes-vous ?
– Mais vous venez de me le demander !
– Non, j'ai demandé si c'était vous. Bon, qu'importe. Que voulez-vous ?
– Je suis Meredith Gates, je suis physicienne et j'ai été en charge d'étudier votre ordinateur et son microprocesseur dopé à je ne sais quoi. Je souhaiterais vraiment qu'on en parle.

– Je n'ai rien à vous dire.

Stacy allait repousser la porte quand elle vit les yeux de Meredith changer de couleur et gagner en intensité.

– OK, j'ai compris !

Elle invita la physicienne qui, elle, ne comprenait pas ce revirement, à franchir sa porte. Elle proposa d'aller dans son bureau pour formaliser leur entretien. Le salon était réservé aux proches.

Pas de boisson, pas de sourire, rien qu'une observation.

– Je ne suis pas physicienne, je ne pourrai donc pas vous aider.

– Pourtant vous avez accompli un miracle avec votre processeur. Sans trahir le secret de fabrication, donnez-moi au moins quelques éléments que je puisse arrêter ces questions qui tournent en boucle dans ma tête.

Que pouvait répondre Stacy : un Être venu de nulle part, une petite boîte noire miraculeuse. Pouvait-elle s'ouvrir à cette femme sans être prise pour une déséquilibrée qui aurait eu la chance d'obtenir, par la grâce du hasard, un résultat aussi surprenant. Elle observa de nouveau le visage tout en tension, à la recherche d'une variation, même la plus subtile, de l'expression de son regard. Mais rien ne vint. Pourtant, cette femme a été brièvement accompagnée de l'Être. Il lui fallait une réponse suffisante pour la satisfaire.

– Je suis désolé, dit-elle sur un ton plus détendu. En fait, c'est un peu le fruit du hasard. Je vais vous surprendre, mais j'ignore comment j'ai pu obtenir ce résultat.

Ce qui n'était pas tout à fait faux. Meredith se redressa sur sa chaise, plissa les yeux, laissa son intuition vagabonder quelque part, à la recherche d'une information, d'un indice, comme elle l'aurait fait durant l'une de ses expériences en physique.

– Vous comprendrez que j'ai beaucoup de mal à vous croire.

– En effet, je ne vais pas pouvoir en dire plus parce que j'en suis incapable. Aujourd'hui, je voudrais réaliser un nouveau processeur qu'il serait totalement différent. Il m'est impossible de le reproduire dans la configuration que vous avez observée.

Et c'était vrai !

– C'est quand même hallucinant, et en plus vous l'avez détruit ?

– Une nécessité. Bien trop dangereux !

– Mais vous ne pouviez pas le brider ?

– Non, encore une fois je vous affirme que je ne sais même pas comment j'ai pu obtenir ce résultat !

Meredith se leva, fit quelque pas pour se détendre.

– Je n'en reviens pas. En plus, j'ai fait ce long voyage pour rien !

– Pas tout à fait, répondit Stacy. Je peux seulement vous dire que votre présence ici, dans cette ville, a une vraie raison d'être.

– Ah oui ! Laquelle ? demanda-t-elle avec une pointe d'agressivité.

– Moi, je n'en sais rien, mais quelqu'un vous le dira !

– Tiens ! Et qui donc ?
– Je n'en sais rien non plus !
– Donc vous ne savez pas grand-chose. Vous vous moquez de moi !
Meredith faillit crier, se retint, se leva et quitta le bureau en courant presque, mais avant qu'elle n'atteigne la porte, elle entendit :
– Vous pourriez au moins me dire pourquoi elle est là, demanda Stacy à l'Être.
Meredith se retourna, la vit au seuil de son bureau. Elle se dit : « Elle est folle, peut-être un génie, mais elle est folle. Je n'ai plus rien à faire ici. Quelle perte de temps » ! Elle ne put s'empêcher de claquer violemment la porte.

Elle prit le chemin de la plage qu'elle longea en restant sur le boulevard de l'Océan. Elle détestait marcher sur le sable qui ralentissait son pas. Elle se calma un peu, trop peu, mais la proximité du Pacifique finit par l'apaiser. Elle marchait, un torrent de phrases dans la tête. Elle pensait, supposa-t-elle, mais ne reconnut pas sa voix intérieure. Intriguée, elle s'arrêta de marcher et fit face à la brise marine si fraîche malgré la chaleur du printemps. Car ici, le printemps vaut bien un été ailleurs. Elle écoutait une voix qui s'imposait, mieux que le souffle d'un murmure à l'oreille. Une extrême présence. Elle écoutait malgré elle :

« Le corps est fait de la poussière d'étoiles, et l'esprit de la force issue de l'univers. Personne n'en connaît ni la nature ni la « dimension », mais chacun porte cette nature et cette dimension. Matière d'abord ! Celle dont vous cherchez le secret. Le Grand Départ est une fontaine d'énergie qui déverse en continu, et déverse encore, un flux d'une unique et vaste onde, produisant l'espace nécessaire au futur encombrement de l'univers. Il s'étend non pas parce qu'il y aurait eu une gigantesque explosion, mais parce que l'écoulement de l'énergie unique se fait sans aucune opposition. Rien ne vient contrarier le cheminement du fluide froid. Le vide absolu, qui devient la part singulière qu'on pourrait nommer néant, est une disponibilité qui accueille ce flot riche en vie. Il porte une promesse, il porte les futures structures de l'univers, de la matière, de la vie. Les Bosons en font partie.

Tant d'ignorance sur la source de ce Départ et de tous les Départs. Vos recherches tentent d'en comprendre l'origine, la nature et pourquoi pas l'intention, pour offrir une dimension à la « chose ». Mais que pourrait comprendre une bactérie de la plus sublime équation du plus grand des physiciens ?

Conscience ensuite ! Chercher c'est attribuer un nom. Nommer c'est restreindre, réduire, diminuer ce qui est plus vaste que vous à ce qui serait à votre portée. Sur ce registre, votre peuple suppose en comprendre la nature, mais elle n'est définie que par le biais de ce que vous en vivez ou percevez. C'est-à-dire si peu. Ce n'est qu'un aspect, un fragment de ce qui lui est si supérieur. Pas de surconscience non plus qui ne serait qu'un artifice intellectuel pour lui donner un « corps ». Il y a autant de différences entre une roche et une pensée, qu'il y a entre la conscience et l'état si singulier de ce qui lui est au-dessus.

Et vous portez cet état, aujourd'hui inaccessible, parce que vous en êtes issus, parce que vous en abritez le germe, mais ce germe n'est pas encore prêt à voir le jour. Vous menez une existence très embryonnaire, mais vous êtes sur ce chemin pour un retour encore lointain à la source.

Les plus grands sages, prophètes de votre monde, les plus grands sages et prophètes des autres mondes, dont l'éveille est encore plus vaste, sont de doux débutants sur les registres supérieurs, à peine des enfants balbutiants leur premier mot. Et quand bien même ils parviendraient à « écrire » des textes aussi puissants que l'Iliade et l'Odyssée, ce serait encore d'une confondante maladresse, à peine une comptine.

Votre corps se révèle un filtre redoutable, mais un filtre nécessaire comme une lentille grossissante limitant le champ de vision, pour mieux appréhender « l'atelier » au sein duquel il est attendu de votre part un certain éveil. Lorsque le corps cesse d'être, la conscience se voit libérer de ce filtre, et retrouve de vastes perspectives.

Vos recherches en physique ne concernent pas la physique, vous vous recherchez à travers elle ! »

La voix cessa de lui parler.

– C'est quoi ces conneries ? cria-t-elle. Des promeneurs se retournèrent tandis qu'elle se frappait la tête de ses deux mains.

– Vous avez entendu ? demanda-t-elle à l'un d'eux. Vous avez entendu ?

Le couple s'écarta d'elle. Il vit une femme tourmentée, en colère. Il la vit encore se tourner vers l'océan, franchir le parapet de roche, et courir sur le sable comme une folle. Il la suivit du regard et l'aperçut, au loin, plonger tout habiller dans les eaux froides du Pacifique.

Meredith nagea un moment comme pour se laver d'une hallucination. Le manque d'exercice la fit s'essouffler après quelques dizaines de mètres. Elle revint vers le rivage. Lorsqu'elle reprit pied, tremblante de froid et d'effarement, elle s'assit sur le sable à la frontière des vagues, les jambes recroquevillées, les bras ceinturant ses genoux. Elle se balança légèrement d'avant en arrière, un bercement qui la calmait souvent lors des grands instants de tension qui traversaient régulièrement sa vie. Ce qui lui fit le plus peur, ce n'est pas tant d'avoir entendu une voix lui « esquisser » le monde, que cette présence qui l'avait envahi comme si son corps ne lui appartenait plus.

Un homme qui avait vu la scène s'approcha d'elle.

– Vous allez prendre froid à rester là. Comment puis-je vous aider ?

Elle ne répondit pas. Il lui tendit une large serviette qu'elle accepta.

– Gardez-la, et si je peux vous déposer quelque part dites-le-moi. Je suis avec ma femme et ma fille à une centaine de mètres derrière vous.

Elle le remercia d'un signe de la tête. Elle se mit debout tandis que l'homme retourna vers sa famille, se couvrit de la serviette, parvint à se défaire de son pantalon, sa veste et son pull qu'elle étala sur le sable sec, au soleil, puis elle se frotta fortement le corps pour le réchauffer.

La fillette du couple s'était approchée d'elle et s'assit près de ses vêtements.

– Ce n'est pas bien malin de nager avec ses habits. Avec l'eau salée, ils ne sont pas près de sécher.

Meredith lui jeta un bref regard et l'ignora.

– Vous êtes la rosée de vos rêves ! affirma la fillette qui se leva pour rejoindre ses parents.

Meredith se tourna, haussa les épaules, prit ses affaires encore très humides, s'habilla, posa la serviette sur le sable, sans la rendre directement à cette famille. En passant, au loin, elle le remercia d'un discret signe de tête et retrouva sa chambre d'hôtel, prit une douche, se changea, quitta sa chambre et prit un taxi pour retourner chez l'informaticienne.

Une nouvelle fois dérangée, Stacy, très contrariée, ouvrit la porte et vit Meredith dans un état de stress extrême.

– Qu'est-ce que vous faites là ?

Elle vit une femme figée, le regard fixe, tendu. Quelques larmes dans le brillant des yeux, les lèvres tremblantes. Stacy comprit que l'Être n'était pas là. Présence différée.

– Venez, vous avez besoin de vous détendre et vous allez m'expliquer ce qui vous arrive.

Meredith entra, s'assit sur le canapé. Elle ne cessait de suivre du regard l'informaticienne, le cœur agrippé à sa présence. Stacy lui offrit un verre d'eau qu'elle ne prit pas.

– Que se passe-t-il, Meredith ?

Elle avait volontairement prononcé son prénom, pour sa proximité.

La physicienne parvint à se calmer, un peu, si peu. Elle plaqua ses mains sur sa tête et dit :

– Vous allez me prendre pour une folle !

– Sûrement pas, ou alors depuis quelque temps tout est fou, dites-moi ce qui vous est arrivé ? Je vous vois vous tenir la tête, auriez-vous entendu quelque chose ?

Les traits de Meredith se détendirent, puis exprimèrent une évidente surprise.

– Comment pouvez-vous le savoir ?

– Une voix très douce, mais très affirmée ? ajouta Stacy.

– Oui, ça vous est arrivé ?

– Et qui vous donne des informations, juste ce qu'il faut de décalé pour bien vous énerver ?

– Vous aussi alors, vous aussi. Je ne suis pas folle. J'ai tellement peur de mes emportements, de mes idées que je sais parfois délirantes, mais qui se révèlent le plus souvent justes. Si vous saviez, je suis pleine de doute, et mon caractère trop entier ne m'aide pas beaucoup. Je brise pour ne pas être brisée. Dites-moi ce qui s'est passé !

Que pouvait répondre Stacy à cette femme blessée sans la troubler davantage. Il lui fallait faire preuve de pédagogie, d'écoute et de douceur, ce qui lui correspondait si peu. Mais face à cette détresse, elle fouilla en elle toutes les ressources possibles pour trouver les mots justes, le moment juste, l'information juste et pas davantage sans l'aide de l'Être qui avait décidé de laisser Stacy trouver son propre chemin.

– Vous cherchez dans le feu de la matière ce qui siège dans la conscience.

Meredith venait de se fermer, Stacy le regretta et comprit que ce n'était pas la bonne méthode. Mais le contact avec l'autre, ces hommes et ses femmes si différentes d'elle, lui a toujours demandé un effort épuisant. La psychologie de l'autre lui était à peu près étrangère.

– Je ne sais pas comment vous expliquer tout ça, c'est aussi très nouveau pour moi. Et je dois reconnaître que je ne suis pas vraiment doué pour le contact humain. Les animaux oui, j'en suis très proche, mais les humains c'est trop compliqué pour moi.

Meredith venait de sourire. Elle se reconnaissait dans cette description. Cette femme était plus proche d'elle qu'elle ne l'avait pensé.

– Dites-moi les choses le plus simplement possible.

Mais Stacy était tout sauf simple. Après un court temps de réflexion, elle se lança :

– J'ai vu des choses que vous ne pourriez pas croire. J'ai pu les voir parce qu'une personne, un Être, une conscience très développée a su me les montrer. Il utilise des méthodes tellement insolites que j'en ai eu le même trouble que vous. Il vous parle d'où je ne sais où, vous murmure des choses qui me semblaient incongrues. Et sa manière d'agir est tellement curieuse que je préfère vous en parler plus tard. J'ignore tout de ses intentions, mais elles sont apparemment constructives. Lorsque vous êtes venue en début d'après-midi, j'ai perçu sa présence, c'est pourquoi j'ai tout de même accepté de vous recevoir. Dans le cas contraire, je vous aurais claqué la porte au nez.

– Je sais que vous en êtes capable. Et qu'est-ce que je fais maintenant de ça ?

– C'est simple, vous faites confiance même si ça doit perturber certaines de vos convictions.

– Je n'ai pas un tempérament à me soumettre !

– Ce n'est pas une soumission, mais de la confiance donc de la maturité.

À peine avait-elle prononcé cette phrase que quelqu'un frappa à sa porte.

– Ce n'est vraiment pas le moment.

Elle se leva, traversa le salon en colère, ouvrit la porte et ne sut quoi dire. Ethan, seul, semblait surpris d'être là.

– OK, j'ai compris. Entre !

Elle le présenta à Meredith qui lui demanda :

– Il en est également ?

Un peu surprise par la question, elle répondit :

– À sa manière, oui ! Et il est informaticien. Je ne lui ai pas laissé la possibilité d'étudier mon ordinateur. Il savait que tant que je ne le lui proposais pas, il ne fallait rien demander.

Ethan interrogea du regard sur les raisons de la présence de cette femme, et surtout de la sienne.

– Tu me dis ce que tu fais là ? demanda-t-elle avec humour.

– Tu sais bien que non !

– Vous venez chez vos amis sans en connaître la raison ? répliqua Meredith qui parvenait à se recentrer, et reconnu l'homme de la plage

– Il va falloir que tu m'aides, Stacy ! Puis se tournant vers la physicienne, il lui demanda :

– Et vous, que faites-vous ici ?

– En effet, qu'est-ce je fais ici ? Finalement, je n'en sais pas plus que vous sur votre propre présence ! répondit-elle, une pointe d'agressivité dans le ton.

Stacy entendit « traduction ». Elle se tourna vers Ethan et lui demanda :

– Les mathématiques sont-elles une langue ?

– Je ne suis pas mathématicien, peut-être, je ne sais pas.

– Elles le sont absolument, reprit Meredith, pourquoi ?

Ethan comprit l'idée de Stacy. Il n'y avait jamais pensé.

– Une petite démonstration mon ami ?

Il se dirigea vers le bureau de Stacy, il en était autorisé, se saisit d'une feuille de papier et d'un stylo, et le présenta à la physicienne.

– Pouvez-vous m'écrire une de vos formules les plus tordues, je devrais pouvoir la traduire ?

– Sans être mathématicien ? Impossible !
– Vous verrez bien !
L'orgueilleuse Meredith lui concocta une de ces équations, une bien personnelle connue de personne, aussi longue qu'un poème du Mahabharata. Fière d'elle, elle lui tendit la feuille avec un large sourire.

– Déjà, je comprends que vous vous êtes inspirée d'une des formules du mathématicien Srinivasa Ramanujan qui débute effectivement comme ça : un sur PI (tiens ça me rappelle quelque chose dit-il en regardant Stacy) égale deux, racine carrée de deux sur 9801, etc., et vous lui avez ajouté tant de dimensions. Vous avez aussi utilisé les propriétés des séries hypergéométriques, mais pas que. Ce que vous m'avez proposé est sans traduction possible, car vous avez associé plusieurs formules qui n'ont aucun lien entre elles. Je détecte malgré tout l'une d'elles, celle de l'univers. Je constate que les maths pourraient ne pas être le bon langage pour le décrire, car la formule est sans signe.

Meredith garda un silence admiratif. Elle ressentait une certaine crainte, celle que l'on vit en découvrant plus fort que soi. Elle reprit la feuille, la contempla un bon moment, puis affirma :

– Il ne doit y avoir qu'une poignée de mathématicien pour comprendre ce que je viens d'écrire. Comment avez-vous fait ?

Stacy demanda à son ami de raconter son histoire. Il raconta longuement, patiemment, chaque détail était repris : les émotions, les langues qui leur étaient liés, les méditations, l'aide de sa femme linguiste, sa résolution à vivre dans la plus grande discrétion.

– Je ne comprends pas comment c'est possible, mais je constate que ça l'est. Donc vous connaissez toutes les langues, mais pouvez-vous les écrire ?

– Non, je ne peux écrire que ce qui a été écrit. Mais je peux phonétiquement transcrire par écrit toutes ces langues muettes à l'écriture. Et d'autres sont quasi impossibles à cause des bruits de bouche qui y sont inclus, comme les langues à clic. Toutes ont une grammaire et une syntaxe, les maths aussi, mais ce langage n'a pas d'oralité, car sa lecture ne se fait pas à l'aide d'une langue naturelle, c'est toute la différence. Elle ne « dit » pas, elle décrit. Elle est d'ailleurs si précise qu'elle permet de décrire des concepts très complexes.

Meredith eut l'impression d'entrer dans un nouveau monde bien loin de ses équations. Mais, une part d'elle, sa part créative et intuitive qui lui valut parfois des réactions vives de ses pairs, savait qu'au-delà du nombre existaient d'autres saveurs. Ses deux thèses en témoignent.

– J'ai une mémoire photographique, déclara-t-elle. Je peux vous écrire une petite partie des lignes de commande vues sur l'écran. Une partie seulement, car je n'y prêtais pas vraiment attention, mais ce qui a suivi m'a si surprise que j'en ai gardé une bonne partie.

Elle prit le stylo, une nouvelle feuille, écrivit quelques lignes de commande, puis dessina les graphismes qui ont surgi dès que l'informaticien avait touché l'écran. Après quelques minutes, elle présenta la feuille à Ethan. Il vit, il lut et se tut.

– Ethan, dis quelque chose, s'impatienta Stacy qui eut la surprise de reconnaître certains des graphismes perçus lors de l'expérience, quelques semaines plus tôt, déclenchée par l'Être.

– Attends ! Je veux être certain de ce que je vois.

Il parcourait de son index chaque symbole, graphisme ou quoi que ce soit qui y ressemblait. Les sensations kinesthésiques se révélèrent puissantes. Il lui semblait que ce langage ne se traduisait pas en mot ou en pensée, mais uniquement en perception. Il eut la sensation qu'il se résumait à ça parce qu'incapable d'aller au-delà. Il finit par comprendre qu'il ne s'agissait pas vraiment d'une langue, mais de quelques choses de bien plus puissant. Une langue forme des expressions dans la durée. Dire une phrase, même très courte inclus le temps pour l'énoncer. Là rien de tel ! Chaque graphisme semble être hors du temps.

– Alors Ethan !

– Il existe l'énergie, puis la matière, puis la conscience que nous avons su ressentir puis mesurer, enfin très partiellement mesurée. Là, je constate qu'il existe un autre niveau de conscience vive qui ne nous concerne absolument pas sauf à réaliser des univers. Des bâtisseurs. Je mets un pluriel à défaut de pouvoir décrire ça autrement. Un pluriel pour en définir la puissance. Je vais ramener à notre niveau ce que je ne suis pas vraiment capable de détecter. C'est un peu comme des êtres qui n'ont pas eu à connaître la vie humaine, là pour bâtir des mondes, ceux qui sont à notre portée, et d'autres encore si loin de ce que nous sommes. Ton microprocesseur en est imprégné. Comme si l'un d'eux avait perçu sa présence et s'était dit, tient un petit coup de pouce par-là, pourquoi pas. Évidemment, je le dis avec mes images. Mais c'est tout ce que je peux faire. Il n'y a pas de traduction possible. C'est une sensation à vivre, et manifestement je suis le seul ici doté d'un « encodage » même imprécis, à pouvoir en détecter les subtiles sensations. Les symboles que vous venez de dessiner portent en eux les gènes de l'existant.

Se tournant vers Stacy, il ajouta :

– Je comprends mieux notre visite à l'hôpital psychiatrique. Dans son délire, le « chiffreur » a capté ces présences et les structures « génétiques » qu'ils émettent. Il a choisi PI comme support. Si je n'avais pas été témoin de ça, je n'aurais peut-être pas su comprendre de quoi il s'agissait vraiment. C'est si loin de nous.

Même Meredith sut rester en silence. Pensée furtive. Une simple action ; happer la structure fine de leur environnement, en ressentir l'impact en soi, et de là, peut-être, cheminer jusqu'à ces êtres bâtisseurs, les ouvriers du Grand Tout comme des anges célestes en conquérant de territoires encore libres de toute matière, de toute vie, de toute conscience.

Puis, ils se séparèrent portant en eux ce moment singulier.

## Électrochoc

Lorsqu'elle prit sa chambre dans un des hôtels de Coronado, l'assistante sociale ignorait qu'elle y verrait l'espion psy, le major Paul H.Smith, en discussion avec l'ancien directeur de la DARPA dans le salon de l'hôtel. Elle avait eu l'intuition que Louis Rivière n'avait pas renoncé à ses recherches. Elle a donc demandé à un ami de la CIA de le retrouver discrètement. Quelques heures suffirent. À aucun moment elle n'aurait imaginé que Paul H.Smith dont elle connaissait l'existence, serait présent. Elle se doutait bien qu'elle n'aurait aucun soutien de la part de l'ancien directeur, mais peut-être que l'espion psy pouvait devenir un partenaire.

Il lui fallait retrouver Lilith. Elle estimait que les parents avaient abandonné l'enfant. Une telle intelligence ne pouvait se déployer que dans une structure adaptée à son génie, alors que pouvaient apporter les parents qui n'en avaient pas le niveau : une éducation obsolète propre à atrophier ses talents. Scandaleux, pensa-t-elle. La DIA à laquelle elle était reliée, pouvait proposer la parfaite formation pour que Lilith, une fois adulte, devienne un agent redoutable. « Dans un monde très perturbé, le pays a plus que besoin de telles aptitudes ».

Elle prit une chambre dans un autre établissement sans se rendre compte qu'elle allait s'installer dans l'hôtel de Paul H.Smith. Caprice du hasard ? Synchronicité ? Peut-être pas !

En quittant sa chambre pour découvrir la ville, avec, peut-être, l'espoir vain de croiser la famille de Lilith, elle vit l'espion psy attendre l'ascenseur qu'il venait d'appeler. Elle hésita. Pourquoi son embarras là, maintenant. Elle fit un pas lorsqu'il Paul H.Smith entra dans l'ascenseur. Elle n'eut pas le temps de le rejoindre. Elle prit la décision de retrouver Louis Rivière à son hôtel en espérant qu'il soit là. Sinon, dans un premier temps, ce sera une promenade le long de la plage, profiter de la douceur du temps et de la légèreté d'une cité appuyée contre le pacifique.

Encore quelques pas vers l'hôtel, une onde de stress lui traversait le corps quand elle vit le géant quitter l'établissement. Elle courut pour le rejoindre en criant son nom. Il se retourna et vit une grande femme, mince aux traits volontaires, les cheveux tirés en arrière comme pour mieux contrôler la chevauchée désordonnée de ses émotions. Louis Rivière, plus habitué au secret qu'à l'extraversion, lui reprocha d'être si peu discrète.

– J'avais craint de ne pas pouvoir vous rattraper.
– Mais qu'est-ce que vous faites là ?
– Je cherche la petite Lilith, elle a besoin d'aide.
– Elle a surtout besoin qu'on lui foute la paix, répondit-il particulièrement agacé. Vous vous rendez compte du mal que vous pourriez faire en l'enlevant à ses parents.

Surprise par la réponse, elle sortit de son sac à main deux feuilles.

– J'ai sur moi le jugement qui m'autorise à la ramener à New York, ainsi que l'ordre de la police à le faire.

– Qui a su les convaincre ?
– Moi, évidemment.
– Selon vos critères, sans tenir compte du bien-être d'une famille !
– Mais qu'est-ce qui vous arrive ? Ce n'est pas parce que vous avez démissionné de votre poste après une faute digne d'un débutant, qu'il faut jeter par-dessus bord tout ce à quoi vous avez destiné votre vie !
– J'ai justement démissionné pour être libre d'aider la petite, même si elle se débrouille bien mieux que nous tous dans notre propre vie.
– Mais son talent, le pays en a besoin, comme ces autres jeunes que nous avons repérés. Mais Lilith est vraiment exceptionnelle. Ce serait invraisemblable de ne pas en profiter.
– Profiter ? C'est exactement ça que je veux lui éviter. Mais depuis que je l'ai vu, j'ai compris qu'elle se débrouillera très bien pour vous éviter. Et si vous deviez la voir, ce sera elle qui décidera du moment.
– Mais enfin, aussi intelligente qu'elle puisse être, elle n'a absolument pas ce pouvoir.
– Vous en êtes certaine ?
– Absolument !
– C'est bien là votre faiblesse. Je vous demande ne plus chercher à me voir.
– J'ai vu le major Paul H. Smith, je verrai avec lui dans ce cas, je suis dans le même hôtel.

– Lui, il est là pour la rencontrer, pas pour vous apprendre où elle habite.
– Parce qu'il le sait ?
– Pas encore, mais bientôt oui !
– Je vais le travailler au corps, on verra bien si vous avez raison.
– Il importe peu que j'aie tort ou raison. La fillette à toutes les cartes en main, maintenant j'en suis convaincu.
– Oui, et comment ?
Un geste vif de la main lui fit comprendre que la conversation s'arrêtait là. Il filait à pas de géant vers la station de taxis la plus proche.
Vexée, elle retourna à son hôtel dans l'espoir d'y rencontrer l'espion psy. Absent, elle décida d'aller à la plage se détendre, et peut-être même se baigner si l'eau n'était pas top froide. La conversation avec l'ancien directeur de la DARPA l'avait contrariée et épuisée.

Dans sa chambre, Lilith venait de poser son livre et dit à son père sur son ordinateur à la recherche d'un travail proche de sa précédente activité, agent littéraire.
– Nous devons aller à la plage !
Habitué à ce que chaque demande de sa fille se révélait toujours essentielle, il demanda à sa femme si elle voulait les accompagner. Elle refusa. Ils prirent les serviettes de bain et se dirigèrent vers la plage.
– Qui devons-nous rencontrer cette fois ?
– Quelqu'un que tu n'apprécies pas vraiment. Tu verras !

Ils s'approchèrent de la mer, pas trop pour rester sur le sable sec, et installèrent leur serviette de bain à quelques pas d'une place restée libre.

L'eau était vraiment froide, l'assistante sociale décida de profiter du soleil avant de retourner à l'hôtel. Mais quand elle s'approcha de sa serviette, elle vit Lilith lui sourire et le père se décomposer. Elle fit les derniers pas en courant, s'accroupit à la hauteur de Lilith et sans un regard pour le père lui dit :

– Je te chercher depuis des mois. Est-ce que tu vas bien ? Avec un regard désapprobateur vers le père. Tu n'es pas maltraité au moins ?

– Mais que croyez-vous, répliqua-t-il, je serais un père maltraitant ?

– Évidemment, puisque vous lui interdisez une éducation digne de ses talents.

– Et que savez-vous de ses talents ?

– Ça se voit bien, elle est particulièrement intelligente !

– Et vous ne voyez que ça ?

– Je ne comprends pas ?

– Eh oui, vous ne comprenez pas. Vous vous êtes contenté de juger ses compétences sur les deux seuls entretiens que vous avez eus.

– C'est vrai, vous avez quitté New York avant qu'on ait pu lui faire passer des tests.

Et c'était vrai. Constatant que son père n'avait plus d'arguments, Lilith intervint.

– Venez, dit-elle à l'assistante, nous allons marcher un peu. Je voudrais vous parler.

L'assurance de la fillette ne pouvait correspondre à son âge, pensa la femme. Elle avait supposé que les parents avaient forcé leur fille à suivre leur propre enseignement d'une manière anormalement intensive. La maltraitance était là, elle en était certaine. Après une longue marche, elle se tourna vers Lilith pour lui parler. Mais ce fut elle qui prit les commandes de la conversation.

Au loin, le père vit sa fille parler à cette femme.

« Que va-t-elle encore dire ? » pensa-t-il. La conversation fut brève, très brève. Il vit la femme porter ses mains au visage. Elle paraissait trembler. Non, il sut qu'elle pleurait. Elle fit aussitôt demi-tour, se saisit de sa serviette, jeta au père une phrase assassine :

– Votre fille est un monstre !

Et quitta la plage en courant, tandis que Lilith revint vers lui. S'assit et resta silencieuse.

– Mais enfin, qu'est-ce que tu as pu lui dire pour la mettre dans un tel état ?

– Je lui ai expliqué la vraie raison pour laquelle elle tient tant à m'arracher à vous. Les services sociaux de l'époque l'ont écarté de sa propre famille parce que le père ainsi que la mère étaient violents. Elle savait qu'elle avait été mise dans une famille d'accueil, mais avait effacé de sa mémoire toute la souffrance provoquée par ses parents. Je n'ai pas été très délicate, mais il lui fallait ça pour reprendre sa vie avec une approche plus douce ou moins vengeresse.

– Tu as fait ça ?
– Me jugerais-tu ?
– Un peu tout de même. Que fais-tu de la psychologie ?
– Là, c'est le principe de l'électrochoc. Maintenant, elle est apte pour une thérapie.
– Et tu penses que, compte tenu de son caractère qui me semble bien entier, elle ira ?
– Je l'y aiderai !
– Je n'arriverais donc jamais à te comprendre !
– Je sais et ce n'est pas un drame.
Lilith se leva, prit sa serviette, dit à son père :
– Je retourne à la maison, je peux y aller seul.
– D'accord, je reste, après ce que j'ai vu je préfère me détendre un peu.

Boulevard de l'Océan, Lilith vit l'assistante sociale l'attendre sur le trottoir côté ville pour ne pas être vue du père. Elle vit comme un tourbillon de feu autour de cette femme, un brassage ou une fusion de colère, de tremblement et de larmes. Les passants se retournèrent sur cette détresse sans intervenir. Il n'est pas facile d'approcher une bête blessée. Lorsque Lilith fut à quelques pas d'elle, elle ralentit sa marche, tendit son bras, et lui prit la main tout en douceur en l'invitant à s'asseoir sur le banc à proximité. Rien ne fut dit. Lilith ferma les yeux, respira profondément, et si un passant, un seul, avait eu la finesse de la fillette, il aurait distingué un brouillard d'énergie en spirale allant d'elle à la femme, l'enveloppant comme les bras d'une mère. Peu à peu, les deux respirations s'accordèrent et prirent le même rythme. La femme qui s'était penché, la tête dans ses mains, ses coudes sur ses genoux, se redressa petit à petit, et finit par ouvrir les yeux et porter son regard sur l'océan. Elles restèrent ainsi de longues minutes. Puis Lilith se leva, se mit face à la femme, souffla sur son front une onde chaude et réconfortante, et reprit le chemin de sa maison. L'assistante sociale resta sur son banc jusqu'à la tombée de la nuit.

## Rapprochement

Louis Rivière se présenta une nouvelle fois devant la maison de Stacy, sans rendez-vous. L'habitude d'agir sur l'instant, tout en instinct. Il frappa à la porte. Le collaborateur de Stacy lui ouvrit, tandis qu'il ressentit une déception que le surprit.
– Stacy est-elle là ?
Pourquoi l'avoir appelé par son prénom et uniquement par lui ? pensa-t-il.
– Madame est à son bureau et ne veut pas être dérangée.
– Dites-lui que j'ai quelque chose d'important à lui dire.
L'homme s'éloigna de la porte, mais ce fut Stacy qui revint certes contrariée, mais un discret brillant dans le regard.
– Que voulez-vous ? demanda-t-elle sur un ton qu'elle voulut le plus froid possible.
– C'est à propos de la petite.
Elle l'invita dans son salon, demanda à son collaborateur de préparer du café, s'assit face à lui, observa ses yeux afin d'être bien certaine d'être avec la bonne personne.
– Je vous écoute !
– Je me rends compte que je n'aurais pas dû venir sans vous prévenir.
– Que passe-t-il avec Lilith ?
– Il y a quelques mois, peut-être un an, les services sociaux inquiets de ne pas voir l'enfant scolarisé sont allés à la rencontre des parents et de la fillette. La femme en

charge de cet entretien a vite compris tout son talent et son intelligence. Elle a considéré que c'était un diamant brut qu'il fallait tailler, mais à la mode de nos services de renseignements. Nous avons des jeunes placés dans des instituts appartenant à l'armée. Les parents ont refusé que leur fille puisse les quitter, et ont craint qu'elle subisse des pressions qu'elle n'aurait pas supportées. Ils ont fui New York pour s'installer à Coronado. Hier, j'ai rencontré cette femme qui est parvenue à retrouver leur trace, mais pas leur adresse. Je voudrais aider cette famille, mais j'ignore où elle habite.

– Et vous pensez que je connais leur adresse. Nous sommes vues qu'une fois. En fait, je ne les connais pas du tout. Je ne peux vous être d'aucune aide.

Stacy détecta la déception du géant, une gêne discrète, puis une hésitation peut-être. Louis Rivière qui allait partir lui est apparu presque fragile. L'indécision se prolongea.

– Vous voulez me dire autre chose. ?

Pas vraiment de panique dans le regard de l'homme, mais quelque chose qui lui ressemble un peu tout de même.

– Oui, répondit-il d'une petite voix. Oui. C'est un peu incongru de ma part, mais tant pis je me lance. Accepteriez-vous mon invitation au restaurant, ce soir ou à un autre moment bien sûr ?

Stacy n'en revint pas, elle était si loin de se douter que cet homme appréciait sa présence. Leur première rencontre avait été assez tumultueuse. Elle eut le plaisir quasi sadique de garder un long silence, ses yeux plantés dans ceux de

l'homme, en dominatrice. Et ce fut si long, si dérangeant que Louis Rivière, rouge de confusion, se leva.
– Pardonnez-moi, c'est ridicule de ma part. Je retourne à mon hôtel.
– J'accepte ! déclara Stacy tout à la surprise de sa réponse. Je vais vous paraître très directe : je ne sais pas pourquoi j'accepte, j'ai autre chose à faire que de roucouler autour d'un repas, aussi bon soit-il, mais j'accepte. Ne me décevez pas !
Elle le laissa là, rejoignit son bureau. Elle écouta les pas du géant s'éloigner, et l'entendit refermer la porte. Elle se savait incapable de travailler, renvoya son collaborateur, envoya un message à Louis Rivière fixant le lieu et l'heure de leur rendez-vous. « Mais qu'est-ce qui m'a pris d'accepter ? » se dit-elle. Le jour, c'était aujourd'hui, et l'heure ce soir.

Stacy choisit la table et sa banquette en angle. Elle aimait toujours être face à la salle, une pièce claire décorée de tableaux et de couverts géants, comme l'homme qui l'accompagnait. Ambiance chaleureuse du restaurant français Chez Loma. Elle y allait parfois avec Ethan délaissant avec ravissement la somme épuisante de travail qu'elle s'impose. Elle découvrit un Louis Rivière maladroit, peu habitué à ces situations où l'intime se mêle au temps, au jour ou au soir, et même aux gestes, ceux que l'on fait naturellement, mais qui prennent de nouvelles lenteurs comme si le bras, la main, le regard, dans un étonnant ralenti, cherchaient à éviter les obstacles d'un face à face où tout sera évalué, analysé, interprété. « Enfant géant », pensa-t-elle. Traditionnel apéritif, puis vinrent les plats. Curieusement, la discussion se révéla fluide sur la présence de l'assistante sociale, puis sur eux-mêmes. Elle avait craint ces silences pesants où, de toute évidence, elle se serait dit ne pas être à sa place. Louis Rivière, le vin aidant, devint vraiment à l'aise, peut-être drôle, mais elle était incapable d'évaluer l'humour, tous les humours.

Puis vint la brillance si singulière dans le regard de Louis, lorsque l'Être décidait d'intervenir.

– S'il vous plaît non, c'est un moment qui m'appartient, qui nous appartient. Respectez au moins ça.

Curieusement, Louis fut surpris par cette remarque, elle le devinait à son expression, mais sa voix dit :

– Je le sais, mais une petite urgence m'impose d'accélérer les choses.

– Que voulez-vous dire ? Autant vous dire maintenant, jamais le premier soir ! dit-elle finalement avec humour.

Gêne de Louis qui assistait, en toute conscience, mais impuissant, à la conversation s'échappant de sa gorge sans parvenir à bloquer les mots, et les phrases qui la traversaient comme une énergie fluide et froide. Il se contenta de hausser les épaules.

– Louis, vous m'entendez réellement ?

Petit mouvement de la tête comme le ferait un comateux dans un instant de conscience.

– Je suis désolé de ce qui vous arrive. J'aurais préféré que vous ne soyez pas témoin de ça, comme lorsque vous être venu chez moi la première fois sans vous en être rendu compte.

L'Être relâcha sa présence quelques instants. Louis eut tout juste le temps de dire :

– Je crois que je n'ai pas d'autre choix que d'accepter.

Puis de nouveaux mots surgirent, modulés par sa voix grave. :

– Aimer, c'est la rencontre de deux âmes qui se sont reconnues. Elles expriment l'Amour vaste comme un univers. Leur rencontre réactive ce feu flamboyant. Aimer, c'est donner à la vie le pouvoir de rayonner la présence divine. Elle, toute vibrante dans nos pensées, nos élans, nos cellules. Aimer, c'est missionner l'âme de chérir l'être reconnue, de l'accueillir et recevoir cette part que masque encore le voile d'Isis, celui qu'on doit lever, un peu, si peu à mesure que le chemin se fait.

Aimer, c'est comprendre les différences sans juger. Une approche délicate de l'autre, reconnue dans l'âme, mais mystérieuse au quotidien. Aimer, c'est approcher la Source. Souvent avec maladresse, parfois avec ces aspirations fulgurantes qui font vibrer l'âme. Aimer, c'est être responsable de ses sentiments et respecter l'être que l'on devient pour mieux aller au-devant de l'âme reconnue.

Aimer, c'est approcher le feu sacré de l'autre, s'en réchauffer, se laisser immerger de son rayonnement.

Aimer, c'est ressentir, entendre le cœur, écouter la psyché, s'émouvoir de sa présence, se troubler de ses attentions. Aimer, ici, dans le monde physique, c'est recevoir la confiance qu'on vous fait, mais c'est aussi être accueilli dans cette confiance. C'est une route partagée avec ses sursauts de lumière et parfois ces quelques nuages qui masquent un moment un jour si brillant.

Aimer, c'est être présent.

Stacy en lâcha sa fourchette. Louis but d'un trait son verre de blanc comme pour noyer les mots sauvages et leur fougueuse chevauchée. Il n'osa plus la regarder. Elle lui prit la main et dit :
– Vous n'y êtes vraiment pour rien. Je ne connais pas les raisons de l'Être qui le poussent à agir ainsi, mais c'est toujours important. Je fais confiance à ce qui vient de se passer. J'ai aimé ce qui vient d'être dit, je ne suis pourtant pas une femme très sentimentale, mais j'ai été touchée.
Louis, aussi désemparé que s'il l'avait demandé en mariage, se contenta de garder cette main si fine entre ses grands doigts, qu'elle finit par retirer. Elle s'appuya fortement contre le dossier de la banquette pour bien ressentir son corps.

– Pourquoi procède-t-il comme ça ? Si j'ai bien compris, le plus souvent l'hôte n'a pas conscience de sa visite ? demanda-t-il.

– En effet, mais ses raisons sont toujours obscures sur le moment, et deviennent évidentes plus tard.

– Qu'est-ce qu'on fait maintenant ?

– On termine le repas, on marche un peu sur le boulevard pour profiter de la douceur de la nuit. Ensuite, vous me ramenez chez moi, et vous, aussitôt, vous retrouvez votre hôtel.

Sauf qu'en chemin l'Être n'avait pas tout dit. Tout d'abord, ils entendirent « Hum, hum ! » Stacy y perçut un peu d'humour, ce qui l'étonna, car elle en était peu capable. Louis fit un autre pas, mais pas le suivant. Il plaqua ses mains contre les oreilles, et dit :

– Vous avez entendu ?

– Eh oui ! répondit Stacy qui s'attendait à un flot de paroles. Elle connaissait si bien cette voix intérieure. Il va nous parler sans passer par l'un ou l'autre.

– Du direct live en quelque sorte ?

Le flot fut impactant :

– Pas de relation idéalisée, juste la vérité de ce que l'un et l'autre sont avec leur ressemblance, mais aussi leurs failles, en sachant qu'elles peuvent s'adoucir avec l'écoute, l'attention et une juste mesure de volonté aimante.

Apprendre de soi pour s'éveiller, s'éveiller pour bien vivre, et bien vivre pour bien aimer.

Un couple authentique est une entité formée de deux parties jamais fusionnées, car ce serait créer un être imparfait, un tyran qui, connaissant ses fragilités, exercerait une pression permanente et asphyxiante pour survivre. Un Golem qui échappe à son créateur.

Et les premiers pas où « lui » découvre ainsi une "stellaire" à la recherche de son "stellaire". Il s'approche, elle l'intrigue. Il s'approche et perçoit un profil si semblable au sien. Il s'approche et se dit qu'ils sont nés de la même étoile. Un peu comme deux êtres égarés sur un sol étranger, se croyant seuls de son ethnie. Effarement en rencontrant l'autre dont la couleur d'âme est d'une même fréquence. Il s'approche et s'inquiète. Mirage ? Il s'approche encore et découvre que les similitudes en sont presque troublantes, qu'ils ont bu à la même source, mais en des temps différents.

Ils sont deux chariots de feu en quête de beauté, d'élégance d'âme, d'amour. Leurs vies ont été houleuses, parfois heureuses, d'autres fois lancinantes. L'un et l'autre, loin l'un de l'autre, ils ont beaucoup appris, et ce qui est acquis en sagesse et en sérénité, peut être maintenant partagé.

Ils prennent, petit à petit, un chemin scintillant. La montagne n'est peut-être plus à gravir parce qu'ils l'ont parcouru.

Parfois, le simple plissement de faits, d'indices, le simple hoquet d'un oracle peut agir comme un charme puissant. Car leur chemin a été très à l'écart, comme deux voies parallèles destinées à ne jamais s'effleurer. Ils l'ont cru ! Mais les vies similaires s'attirent. Personnalités jumelles. Des univers doubles, ici, physiquement, sur ce monde. Et les âmes qui se sont aimées, un jour lointain, ne se quittent jamais vraiment, même si les naissances des corps sont d'un autre temps, d'un autre lieu.

L'amour est liberté, l'amour est souvenir aussi !

L'amour est un initiateur, celui de nos sens, de nos sentiments, de nos compréhensions. Il donne vie à notre existence. L'amour véritable ne peut que construire, jamais détruire. Il se vit dans le besoin de permettre l'épanouissement de l'être aimé. Amour inconditionnel qui n'attend rien, et agissant ainsi, reçoit tant. Dans cet équilibre, les deux êtres découvrent ou redécouvrent cette force, cette puissante action de vie. Un sentiment d'une incroyable sérénité. L'amour n'est pas inquiétude, il est au contraire confiance.

Sachant cela, il n'est qu'un souhait, s'en immerger, plonger dans ses profondeurs pour une apnée ivre. Vous vous êtes rencontrés il y a si longtemps !

Ils étaient l'un en face de l'autre, mais n'ont pas osé s'approcher. Ils se regardaient comme cherchant à se reconnaître sans y parvenir. Seule l'impression glissante, évanescente, furtive d'une évidence : ils ne sont pas étrangers. Intimité spontanée. Stacy, sourire discret qu'elle masquait en regardant le sol. Louis, moins accessible à ses sensations, paraissait distinguer dans le brouillard de ses émotions une onde lointaine qui chercherait son chemin jusqu'à lui. Petit malaise tout de même qu'il chassât par une remarque d'une consternante banalité :

– Nous sommes dans de beaux draps.

– Pas encore ! répliqua-t-elle encore avec humour.

Embarrassé, il fit un pas en arrière, la salua de la tête tandis qu'elle lui proposa de se revoir le lendemain.

**Espion évincé**

L'espion psy errait dans Coronado depuis plusieurs jours sans parvenir à retrouver la famille de Lilith, ni dans ses « scans » ni dans les rues de la cité balnéaire. À chaque tentative, il avait l'impression d'entrer dans un brouillard si dense qu'il en perdait son chemin.

Une allure de bûcheron, une âme si sensible : une incompatibilité criante. Lorsqu'il parle d'une voix élégante, le phrasé est fluide et la pensée limpide. Un ressenti singulier : la conscience d'un physique presque vulgaire, et la certitude d'être plus vaste que ce que le corps peut présenter. Il a toujours vécu avec la sensation d'être un homme richissime de ses qualités, habillé des oripeaux d'un mendiant. Souffrance certainement. Sa situation l'a toujours forcé à s'interroger sur sa véritable nature. Offrir un physique si ingrat à une conscience si éveillée, la vie s'est ainsi chargée de le contraindre à l'inconfort pour une quête sincère de sa nature profonde. « Scanner » c'est chercher en soi. Il l'avait ignoré jusqu'à ce qu'il enquête sur la famille de Lilith. Cette présence perçue, incomprise, oui, mais si vibrante. Il cherche, s'est perdu, reprend le chemin. Depuis tant d'années, il a cultivé une détermination proche de l'obsession. Là, maintenant, elle s'exprime dans cette marche presque forcée dans les rues de Coronado. Il sait, il ressent que la famille n'est qu'à un pli de l'espace qui les sépare. Mais la frontière reste infranchissable sans en comprendre ni la cause ni la raison.

Il fit un arrêt sur le boulevard de l'Océan. Il aime cet instant, une simple pose comme pour reprendre son souffle. Debout face au Pacifique, il semble lui demander une aide, un soutien, un indice. Il demande. Quelle sincérité déclarée ! Une émotion, une onde douce lui traverse le corps. Il accepte. Il attend. Il sourit.

Il ne vit pas s'approcher une jeune femme toute menue, le cheveu chahuté par la brise océane. Elle s'approche et lui parle. Il n'entend pas, les pensées si loin d'ici, et si proches finalement. Puis, se sentant appelé, il se tourna vers la voix, puis le regard et le sourire, enfin vers la personne.

– Vous ne pourrez pas la rencontrer, dit-elle sans autre préambule.

Revenant à peine à ce lieu, à ce moment, il ne comprit pas la remarque.

– De qui parlez-vous ? À peine avait-il posé la question, qu'il comprit. Vous ne pouvez pas savoir qui je suis, comment l'avez-vous su ?

– Ma fille m'a dit que vous seriez là, juste là.

– Comment le savait-elle ?

– Comme vous, elle sait « scanner », pour reprendre vos termes.

– Mais elle n'a que 10 ans !

– 11 ans depuis quelques jours. Chaque année lui fait faire des pas de géant.

– Vous êtes sa mère, vous allez pouvoir me dire qui elle est ou ce qu'elle est ?
– Et non ! Je dois vous avouer que je suis complètement débordée par sa nature. Je me contente de l'accepter et de l'aimer, comme le fait mon mari d'ailleurs.
– Je voudrais tellement la rencontrer. J'ai tant de questions à lui poser.
– Elle n'y répondra pas et m'a dit pourquoi. Votre aptitude vous permet d'obtenir toutes les réponses, ou presque, à toutes vos questions, ou presque. C'est mot pour mot ce qu'elle m'a dit de vous dire. Elle a ajouté que quiconque à une aptitude particulière en est responsable. Il n'est pas envisageable de ne pas en faire usage. Lui demander des réponses, c'est esquiver cette responsabilité. Vous ne pourrez pas l'approcher, et brouillera toute tentative de votre part de la retrouver. Ce qu'elle a déjà fait. Vous vous en êtes rendu compte.

L'air lui parut plus dense, la lumière plus brûlante. Il se pencha légèrement en avant comme si un poids nouveau lui pesait sur les épaules. Finalement, il approuva d'un simple signe de la tête, le regard perdu tourné vers l'océan. Il savait qu'il devait retourner à New York, il savait, mais renoncer lui était toujours difficile. Sa force de détermination était si puissante. Dériver l'énergie vers une autre cible. Il salua la femme, et avant de reprendre sa marche, une nouvelle marche, il lui parla d'une voix si calme qu'il en fut surpris :

– Dites à votre fille… Ne termina pas sa phrase, mais ajouta. Non c'est inutile, elle sait déjà ce que je voulais lui dire.

## Obscure prophétie

Elle s'était assise à une table près de la sienne. Elle était apparue, comme ça. Une houle de vie venue la poser là, elle, sa présence, son regard. Quelques hommes la contemplaient sans réelle discrétion. Ils parcouraient de ce regard aussi lourd que des mains sales, la silhouette d'un ange peut-être, un ange sûrement - caresse des yeux, caresse indécente - qui ne semblait pas leur prêter attention. Elle était ailleurs, ou ici, comme une présence différée. Elle ferma les yeux, tourna son visage vers Ethan et les rouvrit.

Il a rougi. Comme un enfant fautif, il a rougi à son expression. Un éclat de regard. Il était incapable de parler. Il admirait ses traits d'une invraisemblable régularité comme l'aurait fait tout homme. Lui, l'homme fidèle dans l'absolu, en était bouleversé. Il s'était contenté de regarder la femme quand il fallait rencontrer la personne, l'être, l'âme savante. Il a rougi. Autour de lui, une foule de paroles, un ruissellement de bruits divers et surtout le pas lourd du cafetier, un plateau à la main sur lequel régnait un torchon graisseux. Il s'est approché. Présence aussi dense qu'un rocher tombant d'une falaise. Il a détesté cette sensation brute faite de voix grave et de traits disgracieux. Le cafetier, toujours lui, a demandé ce qu'elle voulait boire. Quel ingrat ! Ces êtres sont au-delà de nos vicissitudes, de nos besoins crus, mais si délicieusement humains.

Elle a commandé une bière. Ethan n'a pas compris !

Le cafetier reparti, elle se tourna vers lui, et déclara :

– Je vous remets cette feuille. Il y est reproduit un texte gravé sur une roche découverte en 1925 dans les terres du Tassili. L'écriture n'a jamais pu être déchiffrée. On me demande de vous la remettre et de la traduire.
– Qui êtes-vous ? Comment savez-vous qui je suis, et que je suis capable de décrypter une écriture inconnue ? Et j'en fais quoi après ?
– Vous connaissez les réponses à vos trois dernières questions, quant à la première elle restera sans réponse.

Elle lui a remis un papier puis elle s'est levée en réglant sa boisson dont le verre était toujours plein. En fait, il n'a pas eu le temps de réagir. Elle ne partait pas, non, elle semblait s'évanouir, mieux, s'échapper du monde à grand battement d'ailes. Il n'a pas osé la suivre du regard. Il a cru qu'elle l'aurait senti. Mais il s'est saisi de son verre qu'il a bu avec ravissement. Petite infidélité !

Sur la feuille, il vit une écriture très géométrique comme peut l'être l'écriture berbère, mais en plus complexe. Sa traduction fut instantanée. Il comprit également qu'elle était extrêmement ancienne. Il écrivit ce qu'il en avait décrypté sur le verso de la feuille, sans comprendre les clefs du texte. Un nom lui vint : Stacy.

Elle lut le texte qui la laissa perplexe :
« Les hommes ne seront plus enfermés dans leur tête ou leurs cités. Ils verront et s'entendront d'un point à l'autre de la terre. Ils sauront que ce qui frappe l'un frappe l'autre. Les hommes formeront alors un grand corps unique. Il y

aura une langue qui sera parlé de tous et naîtra enfin le grand humain. Il créera des étoiles dans la grande mer bleu sombre, compagnon du soleil pour son odyssée céleste. Son esprit sera si grand ouvert qu'il accueillera tous les messages. Et les rêves seront partagés. L'homme connaîtra une seconde naissance qui annoncera la fin des temps barbares. L'homme retrouvera le chemin des hommes. L'homme veillera sur tout ce qui vit. Il purifiera ce qu'il a souillé. L'homme saura que tous les vivants seront porteurs de lumière, car il aura percé les secrets que les dieux anciens possédaient. Il créera avec la puissance et le jaillissement d'une source. Il enseignera le savoir à la multitude des hommes ».

– Tu m'affirmes que ce texte est très ancien. On dirait une prophétie. Évidemment comme dans toute prophétie le sens est obscur et interprétable à souhait.

– C'est ce que je me suis dit. Mais si on me l'a donné à traduire, ce n'est pas sans raison.

– Tu étais le seul à pouvoir le faire, mais aucun destinataire n'a été désigné. Je ne sais vraiment pas ce que tu peux en faire ! Le plus curieux c'est que ça évoque ce que l'I.A. psychique pourrait réaliser. Et qui te l'a donné ?

– Je ne sais pas, un messager de Lilith je suppose.

Des coups ont été frappés à la porte. Stacy n'aimait décidément pas être dérangée. Elle se leva pour ouvrir, en balançant les bras avec agacement comme pour chasser l'intrus. Quand elle ouvrit la porte, elle vit Louis Rivière tout penaud, un bouquet de fleurs à la main qu'il tendit avec maladresse. Tout ce qu'elle détestait, mais venant de lui, l'acte devenait supportable.

– J'espère ne pas déranger ?

– En fait si ! Je suis avec Ethan que vous avez croisé il y a quelques jours. Venez, peut-être pourriez-vous nous aider.

Ethan reconnu le géant, lui serra la main assez rapidement pour éviter la puissance de sa poigne. Stacy lui présenta la traduction et lui demanda son avis.

– Honnêtement, ça ne veut pas dire grand-chose ! dit-il en retournant la feuille. C'est la traduction de ce texte ?

– Exactement ! Un texte de plusieurs milliers d'années.

– Alors la traduction est fausse, ou imprégnée de faits actuels. Ça arrive parfois. « S'entendre d'un point à l'autre de la terre » c'est ce que nous faisons aujourd'hui. Allez dans les étoiles également. L'idée de souiller la terre est une notion totalement contemporaine. Non, la traduction est trop imprégnée de ce qui se fait aujourd'hui. Dans mon domaine, on est habitué à décrypter les messages codés. Là, vraiment, il est évident que le traducteur n'a pas su quoi faire de ce texte.

Ethan n'avait pu s'interdire de sourire, Stacy également.

– Pourquoi souriez-vous ?

– Vos remarques permettent de comprendre l'importance de certains aspects de sa traduction.

– Mais ce n'est pas une traduction, mais de l'approximation. Comment pouvez-vous donner un quelconque crédit à ce texte ?

– Parce que c'est moi qui l'ai traduit ! Ce qui m'importe, c'est le contenu du message. L'auteur a su ce qui se passerait à une époque où on en était encore à s'éclairer à l'aide de lampe à huile de je ne sais quel animal. Ce texte m'a été remis tout à l'heure par une femme que je n'ai jamais vue, mais qui m'a reconnu. Il me paraît évident qu'il est lié à ce qui se passe pour nous depuis plusieurs semaines.

Louis Rivière reprit la feuille, et s'appuya sur son expérience à la DARPA, pour tenter de détecter une clef, une information qui aurait été introduite dans le texte.

– C'est affolant de constater la précision de l'auteur sur notre époque. J'avoue que je ne comprends pas comment c'est possible. Et parmi les éléments contemporains, il y en aurait un qui vous concernerait ? C'est bien là où vous voulez en venir ?

– Oui, répondit Stacy. Vous avez l'expérience de ces choses-là, et probablement le recul nécessaire.

Il reprit la feuille, la relut, la retourna, admira l'écriture, revint à la traduction.

– Peut-être, je dis bien peut-être cette ligne « Il créera avec la puissance et le jaillissement d'une source », pourrait être liée à votre microprocesseur. Mais encore une fois, on peut tout faire dire à des textes aussi flous.

– Vrai, mais il donne objectivement des éléments qui nous sont contemporains, reprit Ethan.
– Ça voudrait dire que le futur microprocesseur aura cet effet sur l'humanité ? demanda Stacy inquiète des implications de sa « création » à venir.
– Comme l'électricité, l'informatique, l'Internet, précisa Louis.
– C'est affolant de responsabilité !
– Oui ! C'est peut-être pour vous inciter à créer un processeur parfait.
– Je ne sais même pas comment faire ! Et franchement, tout ça commence vraiment à me faire peur. Le pire, c'est ce texte gravé dans la roche. Si l'interprétation est juste, le fait de le lire c'est comme entendre la voix qui l'énonce à travers le temps. C'est trop, c'est vraiment trop. Et puis, vous vous rendez compte que notre avenir va dépendre de ce qui va sortir de cette petite boîte ? dit-elle en présentant l'objet noir qu'elle avait posé sur la table basse après l'avoir sorti de son tiroir. Et ce qui en sortira dépendra de la manière dont je l'aurais conçu, en fonction de mon état d'esprit ? C'est aberrant !

Puis se tournant vers Ethan, elle lui dit :
– Peux-tu nous laisser seuls, j'ai à parler à Louis.

Il se leva en souriant. Il avait perçu le lien discret entre son amie et le géant. Il se leva, salua, quitta le salon avec un chant dans la tête, ou le cœur, ou quelque chose ressemblant à un chant qui le ramenait à Amiah et leurs premiers pas dans leur relation. Lorsqu'il fut parti, Stacy se tourna vers Louis. Il n'a pas aimé la gravité de son expression.

– Je vais être très directe, lui dit-elle avec le plus de douceur dont elle était capable. J'ai devant moi une réalisation qui va me demander une énergie folle. Les conséquences futures me font peur, ce qui me prend encore plus d'énergie. Je n'ai actuellement pas la force d'entamer une relation quelconque. Je ressens vraiment que nous nous rapprochons. J'en suis la première surprise, car peu disposée à cela. Mon passé m'a appris toute la difficulté d'une relation entre deux personnes très proches, trop proches. Plus tard peut-être, je ne sais pas, mais pas maintenant. Je te demande de respecter ça. Es-tu d'accord ?

Pour Louis, c'était un superbe aveu, et pouvait, dans un premier temps, tout à fait s'en contenter. Homme direct lui aussi, il se leva, s'approcha d'elle qui resta assise, lui prit les deux mains dont il embrassa le dos, et se retira en silence, mais le cœur léger. Stacy regretta presque qu'il n'insistât pas. Elle avait été plus habituée à la dépendance affective de ses partenaires.

Une demi-heure plus tard, on frappa à sa porte. Elle avait espéré que ce fut Louis revenant discuter de sa décision. Elle fut surprise de cette attente. Quand elle ouvrit la porte, elle vit un homme d'un âge certain en fauteuil roulant, le regard trop brillant pour qu'il soit venu seul.

– Il vous faut vivre toutes les expériences humaines possibles ?

Sans répondre, l'Être fit rouler « son » fauteuil jusqu'au salon.
– Vous me proposez un café ?
– Si vous voulez, mais « lui » peut-il en boire sans risque pour sa santé ?
– Oui, à toute petite dose.
Stacy ne manquait pas de malice, elle apporta donc une tasse si petite qu'elle en était ridicule, à peine plus grande qu'une tasse de dînette.
– Vous ne manquez pas d'humour finalement. Mais j'accepte.
– Expliquez-moi cette mise en scène, car c'en est une n'est-ce pas ?
– Vous avez raison. Le handicap peut-être affreusement difficile. La pire des expériences est le Locked in syndrome, l'homme ou la femme vivant dans un scaphandre de chaire, un corps qui ne répond plus à l'esprit. La conscience est pleinement là dans une immobilité impossible à rompre. Un chemin de vie redoutable de difficulté. Mais d'autres handicaps sont plus légers, et parce qu'ils ont un impact moins violent, ils sont parfois tout aussi difficiles à supporter parce que la force du refus est possible. Vous êtes dans cette situation.
Évidemment, l'Être se tut. Évidemment, Stacy s'était attendue à ce silence et refusa de presser l'Être à poursuivre son discours. Il reprit :
– Tant d'orgueil en vous. Et il en faut pour réaliser les grands projets. Il devrait être un « partenaire » précieux,

mais il est trop souvent d'une présence et d'une exigence débordante. Par orgueil, et dans votre cas, par peur, vous refusez une relation qui peut vous être bénéfique à un point que vous ne pouvez imaginer.

– Ça ne regarde que moi !

– C'est vrai, mais sur un plan plus subtil le bénéfice est si probant qu'il serait dommage de ne pas le saisir.

– Expliquez-vous !

– Souvenez-vous de ce que je vous déjà dit à propos de l'amour. Il ne s'agit pas d'aimer pour aimer, mais pour s'éveiller, grandir, mûrir. C'est une force gigantesque qui perce vos frontières, les fait voler en éclat et vous offre de nouvelles terres à explorer. Et vous pouvez refuser, rester dans votre zone de confort, sauf que dans votre situation, dans la réalisation psychique de votre processeur, si vous acceptez la relation le résultat sera imprégné de cette onde vive et équilibrante.

Mais il n'y a pas que cela. Vous ignorez le lien qui vous lie à cet homme. Vous êtes en quelque sorte les deux pans d'une même conscience. Leur réunion vous propulse dans les régions sublimes de vos êtres, mais aussi dans celles plus sombres que tous refusent de voir et de vivre. Un tel couple puissamment lié l'un à l'autre produit à égalité une force étonnante d'attachement irrationnel et une énergie tout aussi puissante d'hostilité. Un arrachement qui permet de polir le diamant brut.

– Et vous voulez que je vive ça ?

– La décision vous revient !

– Mais ça concerne Louis ?
– Il y a longtemps qu'il a donné son accord.
– Quand ?
– Longtemps !

L'Être se retira, laissant Stacy devant un homme éberlué de se découvrir dans le salon d'une inconnue. Il allait s'excuser. Elle n'avait pas la patience de l'écouter, se saisit des poignées du fauteuil qu'elle dirigea vers la porte refermée aussitôt derrière lui. Elle s'inquiéta tout de même de sa réaction, l'observa discrètement à travers une des portes-fenêtres du salon. Le vit regarder la façade de sa maison, tenter de comprendre dans quelle partie de Coronado il pouvait se trouver, téléphona pour probablement qu'on vienne le chercher. Une dizaine de minutes plus tard un bus pour handicapé arriva, s'arrêta, l'embarqua. Il jeta un dernier regard interrogatif vers cette grande maison dont il avait occupé le salon un jour de grand non-sens. « Je n'ai pas été très sympa, mais là c'était trop », pensa-t-elle avant de retourner dans son bureau, la petite boîte noire dans sa main.

## Éclaircissement

Déçu, l'espion psy retourna dans les locaux de la DIA sur la base aérienne Joint Base Anacostia-Bolling à Washington. Perturbée, mais surtout très en colère. L'assistante sociale retrouva ses bureaux à New York convaincu qu'il fallait retrouver cette famille pour le bien du pays, mais certaine de ne pouvoir y parvenir. Meredith avait retrouvé son tableau noir à couvrir d'équations, avec toutefois une approche plus fine, mais tout en impatience. Là, rien n'avait changé.

Restait sur place Louis Rivière. Le chemin parcouru l'étonna. Ses sens lui parurent plus subtils. Surtout, il avait accepté certaines des émotions qu'il avait écartées de sa vie dans le cadre de ses responsabilités au sein de la DARPA. Ni légèreté, ni paix, mais une patience nouvelle. Savoir attendre ! En parcourant les rues de Coronado, ainsi que le boulevard de l'Océan, il assistait à l'écartèlement doux des lumières du jour - jeu de nuages sur fond d'horizon - se diluer juste avant que le soir ne devienne nuit. Il n'avait jamais pris le temps de contempler l'évanouissement des ombres et des pensées lourdes. Le soir est en lui, calme et chaud. Comme une nuit de rêve, il sait, il comprend, il ressent les transformations entreprises dans le secret de son être, presque à son insu, pas tout à fait, mais presque, dont il connaîtra la nature le lendemain, lorsqu'il découvrira que comprendre se fera avec une habilité nouvelle. Pensée vers Stacy. Marche douce, respiration lente et profonde. Il se sentait si vivant, lui qui se voyait si stressé. Pensée vers Stacy. Un peu de marche, encore, là, à effleurer la plage dans la nuit maintenant. Et l'éclairage soudain, encore instable, qui grave les ombres et les étire dans une danse rythmée à son pas. Elles vont en demi-cercle autour de lui, comme une présence bienveillante. Puis il prit le chemin de son hôtel, en homme heureux.

## L'Être

« Il pleut des jours sans fin et des nuits abondantes, et des idées folles qui vous font voyager. Il pleut encore des lumières irradiantes et des souffles brûlants. Et le vent des profondeurs effleure à peine votre conscience. L'oubli est une onde ravageuse traversant vos vies et lisse vos souvenirs. Mais ils vivent dans le bruissement de vos existences, et parfois fondent comme un château de sable à la première vague. Le ciel n'est plus étanche. Il pleut toujours, et l'eau se déverse à grand flot, par à-coups, sur la terre argileuse de votre existence qui la garde bien à la surface, comme pour reconstituer d'antiques océans. Puis vos cœurs si durs sèchent le sol comme un four, le durcit, captant les empreintes de vos vies comme le ferait une terre fossile. Il est temps de s'armer ». Lilith dans un songe se libéra de ses pensées, quitta sa chambre, embrassa ses parents et leur dit « je dois y aller seule ».

Depuis ces derniers jours, Stacy a demandé à son collaborateur de la laisser seule ouvrir sa porte. Elle s'attendait à la venue de l'Être sous une forme ou une autre, toujours surprenante et souvent malicieuse. Ethan intervenait plus régulièrement dans sa vie. Mais le plus improbable fut la présence de Louis Rivière dont elle acceptait la relation. Il était d'ailleurs là, quand Ethan sonna. Elle ouvrit. C'était lui, seulement lui, elle en fut presque déçue. Une part d'elle savait que l'Être viendrait à sa rencontre. Elle avait perçu qu'il irait, à terme, sur d'autres chemins, loin d'elle. Elle, qui avait redouté ses interventions, avait fini par les attendre. Ethan entra, salua Louis, vit sur la table basse la petite boîte noire si mystérieuse, et s'assit en la contemplant.

– Je me sens prête, leur dit-elle. Je me sens prête, mais j'en tremble. Nous verrons bien.

Petits coups frappés à la porte.

– Ce n'est vraiment pas le moment, déclara Stacy en se levant.

Elle ouvrit, vit Lilith souriante, et chercha du regard la présence des parents. Elle entra sans y avoir été invitée et s'installa sur le canapé entre Louis et Ethan à peu près éberlués de voir la gamine recherchée par la CIA, la DIA et la DARPA, rien que cela, d'une intelligence quasi exotique, mais, à leurs yeux, dans la pleine insouciance de l'enfance.

– Que fais-tu là, lui demanda Stacy. Tes parents vont s'inquiéter de te savoir seul. Le mieux c'est de retourner chez toi.

Lilith observa longuement chacun d'eux. Allant de visage en visage, de regard en regard, de conscience en conscience. Elle garda un long silence qu'aucun d'eux n'osa rompre. L'air, si calme, autour d'eux. Et si dense aussi.

– C'est le moment, dit-elle.

– Le moment de quoi ?

– Prenez la boîte et mettez-la sur la tranche. C'est vraiment le moment.

– Comment connais-tu son fonctionnement ?

– Stacy, c'est à vous de le faire !
Louis intervint en se levant. Il retint la main de Stacy qui allait se saisir de la boîte. Agacée par cette intrusion dans sa décision, elle la reposa à contrecœur.
– Avant de faire quoi que ce soit, peux-tu me dire pourquoi tu réponds à sa demande !
– Parce que j'ai décidé de l'écouter.
– Pourquoi ?
Lilith s'était levée et se planta droite devant le géant. Elle ne parla pas, mais il entendit très distinctement : « Fais-moi confiance ! » Ethan et Stacy perçurent très clairement le message. Ils se sont regardés, puis se tournèrent vers Lilith, mais personne n'osa lui parler. Elle prit la main de Louis en l'invitant à se rasseoir. Il se sentit comme un enfant pris en faute, et accepta l'autorité naturelle du « petit maître ». Stacy fut la plus bouleversée par ce qu'elle venait de comprendre. Défilèrent sous ces yeux les événements de ces derniers mois, et les émotions, et les colères aussi. Elle se vit, les premiers jours, débutante sur un chemin bien âpre, et ses réticences à accepter ce qui lui parut dans un premier temps inacceptable. Elle se troubla encore des images effarantes que l'Être lui avait fait voir et ressentir, et des instants d'âme à âme aussi puissants qu'une vague de tempête. Elle décela cette maturité nouvelle tout en profondeur et en subtilité, et comprit l'influence des étapes successives sur sa nature. Elle restait cette femme déterminée, impatiente, exigeante, parfois odieuse au regard de quelques-uns, ces personnages qui ne

l'intéressaient pas. Mais elle perçut comme un léger décalage de son point de vue, comme si le voile qui lui masquait la vie avait gagné en transparence. Elle voyait mieux, ressentait mieux, c'était encore léger, si léger, mais bien là. Parfois, un simple mot attire à soi tant de faits refoulés, étouffés par l'infaillibilité apparente de la raison. Là, c'est la présence soudaine de Lilith et de la compréhension de sa nature réelle qui mit au jour les secrètes composantes de ce chemin qui l'a menée à la Stacy d'aujourd'hui. De l'incertitude encore. La femme tumultueuse se révélait déjà plus forte au-delà de ses intransigeances. Elle se tourna vers Lilith, lui sourit et se contenta de lui dire :

– Je vous remercie !

Vouvoiement de reconnaissance.

Louis et Ethan incapable de mesurer l'impact de Lilith sur Stacy, décelaient chez elle une émotion que Louis interpréta comme douloureuse alors qu'elle n'était que légèreté. Il allait s'approcher d'elle pour la consoler ; mais de quoi au fait ? Elle ferma les yeux. Il se retint. Puis elle se saisit de la petite boîte noire et la mit sur la tranche.

Lilith déclara :

– Vos présences combinées apportent à cette réalisation ce qui avait manqué au premier projet. Stacy la créativité, Ethan l'apaisement, Louis la rigueur. Votre rencontre s'est révélée indispensable. Vos personnalités se complètent. La véritable rencontre est celle des consciences matures, et non plus des personnes. Vous allez découvrir, mieux, redécouvrir peu à peu votre cathédrale intérieure, là où justement la grande conscience est dans le plein potentiel de ses expressions majeures.

Puis Lilith se leva, se plaça devant Stacy, lui prit les deux mains, et lui dit :

– Je n'ai qu'un souhait, que le monde soit apte à accueillir ce que vous allez leur offrir.

Elle se plaça devant Ethan, lui prit les deux mains, et lui dit :

– Je n'ai qu'un souhait, que vous apportiez une traduction claire de certaines des productions numériques de la nouvelle I.A. Elles seront essentielles, car définiront l'étape suivante encore plus bouleversante.

Elle se plaça devant Louis, lui prit les deux mains, et lui dit :

– Je n'ai qu'un souhait, que vous apportiez à Stacy la stabilité dont elle va avoir besoin dans un futur proche.

On frappa à la porte, Lilith indiqua que c'était pour elle. Elle l'ouvrit, ses parents firent un signe de la main à Stacy, Ethan et Louis. Lilith se retourna et leur dit :

– Nous quittons Coronado !

La surprise des parents fit sourire Stacy.

Lilith referma la porte et, s'adressant à sa mère, lui demanda :

– Maman, tu sais, j'aime bien les glaces ! Tu m'offres une glace ?